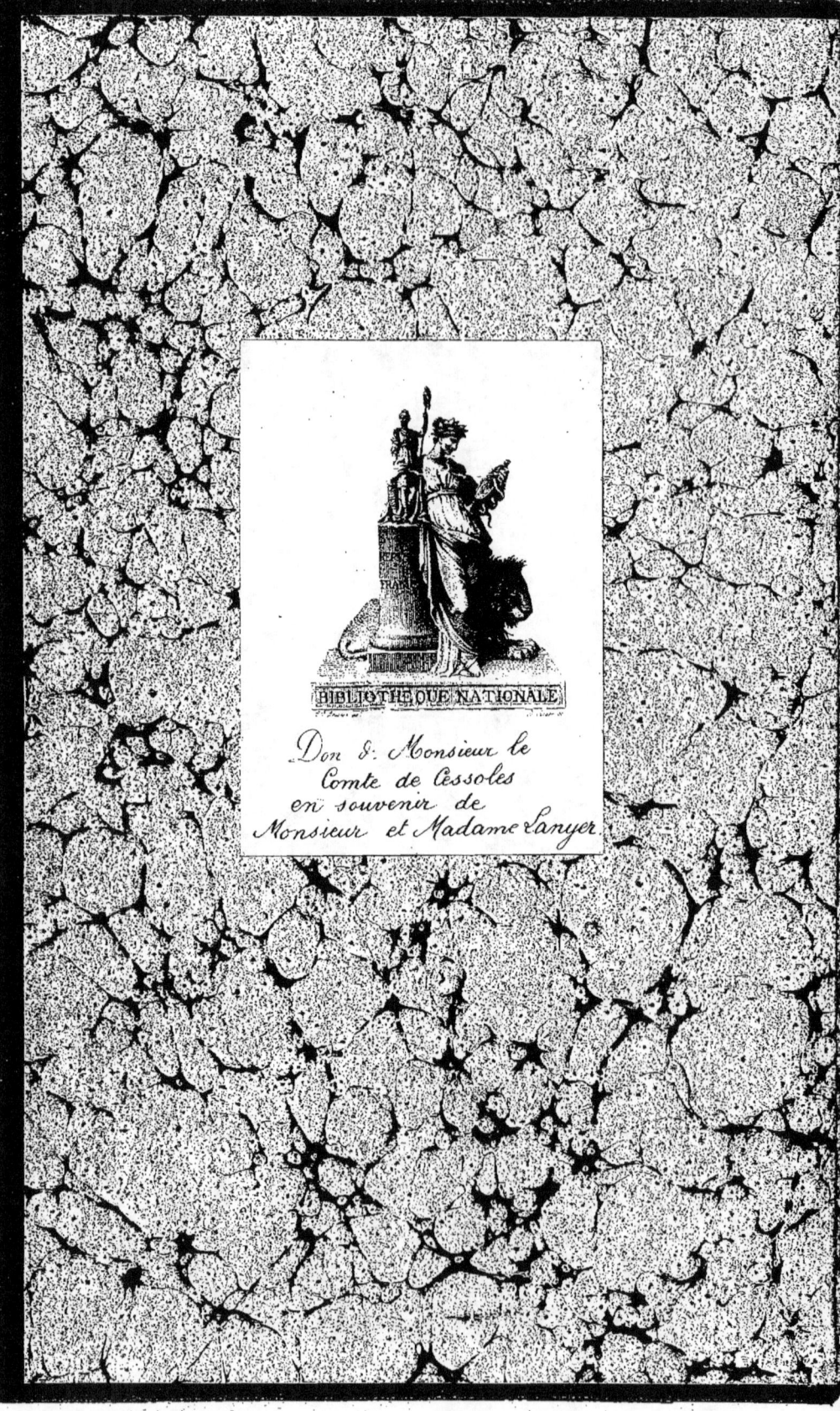

UN SPECTACLE

DANS UN FAUTEUIL.

—

SECONDE LIVRAISON.

—

PARIS, IMPRIMERIE DE DECOURCHANT,
RUE D'ERFURTH, Nº 1, PRÈS DE L'ABBAYE.

UN

SPECTACLE

DANS UN FAUTEUIL,

PAR

ALFRED DE MUSSET.

—

𝔓rose.

—

II.

PARIS,

LIBRAIRIE DE LA REVUE DES DEUX MONDES,

6, RUE DES BEAUX-ARTS.

—

LONDRES,

BAILLIERE, 219, REGENT-STREET.

1834

SPECTACLE

DANS UN FAUTEUIL

Alfred de Musset.

Prose

PARIS,

6, rue bla-bla.

LONDRES,

ANDRÉ DEL SARTO.

Personnages.

—

ANDRÉ DEL SARTO, peintre.
CORDIANI,
DAMIEN, } peintres et élèves d'André.
LIONEL,
CÉSARIO,
GRÉMIO, concierge.
MATHURIN, } domestiques.
JEAN,
PEINTRES, VALETS, etc.
UN MÉDECIN.
LUCRETIA DEL FEDE, femme d'André.
SPINETTE, suivante.

(Florence.)

ACTE PREMIER.

Scène première.

La maison d'André. — Une cour, un jardin au fond.

GRÉMIO, *sortant de la maison du concierge.*

Il me semble, en vérité, que j'entends marcher dans la cour : à quatre heures du matin, c'est singulier! Hum! hum! que veut dire cela?

Il avance; un homme enveloppé d'un manteau descend d'une fenêtre du rez-de-chaussée.

GRÉMIO.

De la fenêtre de madame Lucrèce? Arrête,
qui que tu sois !

L'HOMME.

Laisse-moi passer, ou je te tue.

Il le frappe et s'enfuit dans le jardin.

GRÉMIO, seul.

Au meurtre ! au voleur ! Jean, au secours !

DAMIEN, sortant en robe de chambre.

Qu'est-ce ? qu'as-tu à crier, Grémio ?

GRÉMIO.

Il y a un voleur dans le jardin.

DAMIEN.

Vieux fou ! tu te seras grisé.

GRÉMIO.

De la fenêtre de madame Lucrèce, de sa
propre fenêtre, je l'ai vu descendre. Ah ! je suis
blessé ! il m'a frappé au bras de son stylet.

DAMIEN.

Tu veux rire ! ton manteau est à peine dé-
chiré. Quel conte viens-tu faire, Grémio ? Qui
diable veux-tu avoir vu descendre de la fenêtre de Lucrèce, à cette heure-ci ? Sais-tu, sot

que tu es, qu'il ne ferait pas bon l'aller redire
à son mari?

GRÉMIO.

Je l'ai vu, comme je vous vois.

DAMIEN.

Tu as bu, Grémio; tu vois double.

GRÉMIO.

Double! je n'en ai vu qu'un.

DAMIEN.

Pourquoi réveilles-tu une maison entière
avant le lever du soleil? et une maison comme
celle-ci! pleine de jeunes gens, de valets! T'a-
t-on payé pour imaginer ce mauvais roman
sur le compte de la femme de mon meilleur
ami? Tu cries au voleur, et tu prétends qu'on
a sauté par sa fenêtre? Es-tu fou, où es-tu
payé? Dis, réponds; que je t'entende.

GRÉMIO.

Mon Dieu! mon Seigneur Jésus! je l'ai vu;
en vérité de Dieu, je l'ai vu. Que vous ai-je
fait? je l'ai vu.

DAMIEN.

Ecoute, Grémio. Prends cette bourse, elle
peut être moins lourde que celle qu'on t'a don-

née pour inventer cette histoire-là. Va-t'en la boire à ma santé. Tu sais que je suis l'ami de ton maître, n'est-ce pas? Je ne suis pas un voleur, moi; je ne suis pas de moitié dans le vol qu'on lui ferait? Tu me connais depuis dix ans, comme je connais André. Eh bien, Grémio, pas un mot là-dessus. Bois à ma santé; pas un mot, entends-tu? ou je te fais chasser de la maison. Va, Grémio; rentre chez toi, mon vieux camarade. Que tout cela soit oublié.

GRÉMIO.

Je l'ai vu, mon Dieu; sur ma tête, sur celle de mon père, je l'ai vu; vu, bien vu.

Il rentre.

DAMIEN, seul, s'avance vers le jardin, et appelle.

Cordiani! Cordiani!

Cordiani paraît.

DAMIEN.

Insensé! en es-tu venu là? André, ton ami, le mien, le bon, le pauvre André!

CORDIANI.

Elle m'aime, ô Damien, elle m'aime! Que vas-tu me dire? je suis heureux. Regarde-moi; elle m'aime! Je cours dans ce jardin depuis hier; je me suis jeté dans les herbes humides; j'ai frappé les statues et les arbres, et j'ai couvert de baisers terribles les gazons qu'elle avait foulés.

DAMIEN.

Et cet homme qui te surprend! A quoi pen-ses-tu? Et André, André! Cordiani!

CORDIANI.

Que sais-je? je puis être coupable, tu peux avoir raison, nous en parlerons demain, un jour, plus tard; laisse-moi être heureux. Je me trompe peut-être, elle ne m'aime peut-être pas; un caprice, oui, un caprice seulement, et rien de plus; mais laisse-moi être heureux.

DAMIEN.

Rien de plus? et tu brises comme une paille un lien de vingt-cinq années? et tu sors de cette chambre? Tu peux être coupable? et les rideaux qui se sont refermés sur toi sont encore agités autour d'elle? et l'homme qui te voit sortir crie au meurtre?

CORDIANI.

Ah! mon ami, que cette femme-là est belle!

DAMIEN.

Insensé ! insensé !

CORDIANI.

Si tu savais quelle région j'habite ! comme le son de sa voix seulement fait bouillonner en moi une vie nouvelle ! comme les larmes lui viennent aux yeux au-devant de tout ce qui est beau, tendre et pur comme elle ! O mon Dieu ! c'est un autel sublime que le bonheur. Puisse la joie de mon âme monter à toi comme un doux encens ! Damien, les poëtes se sont trompés : est-ce l'esprit du mal qui est l'ange déchu ? C'est celui de l'amour, qui, après le grand œuvre, ne voulut pas quitter la terre, et tandis que ses frères remontaient au ciel, laissa tomber ses ailes d'or en poudre, aux pieds de la beauté qu'il avait créée.

DAMIEN.

Je te parlerai dans un autre moment. Le soleil se lève ; dans une heure, quelqu'un viendra s'asseoir aussi sur ce banc ; il posera comme toi ses mains sur son visage, et ce ne sont pas des larmes de joie qu'il cachera. A quoi penses-tu ?

CORDIANI.

Je pense au coin obscur d'une certaine ta-
verne, où je me suis assis tant de fois, regret-
tant ma journée. Je pense à Florence qui s'é-
veille, aux promenades, aux passans qui se
croisent; au monde, où j'ai erré vingt ans
comme un spectre sans sépulture; à ces rues
désertes, où je me plongeais au sein des nuits,
poussé par quelque dessein sinistre; je pense
à mes travaux, à mes jours de décourage-
ment; j'ouvre les bras, et je vois passer les fan-
tômes des femmes que j'ai possédées; mes plaisirs, mes peines, mes espérances! Ah! mon
ami! comme tout est foudroyé, comme tout
ce qui fermentait en moi s'est réuni en une
seule pensée : l'aimer! C'est ainsi que mille in-
sectes épars dans la poussière viennent se
réunir dans un rayon du soleil.

DAMIEN.

Que veux-tu que je te dise? et de quoi ser-
vent les paroles quand elles viennent après
l'action? Un amour comme le tien n'a pas
d'ami.

CORDIANI.

Qu'ai-je eu dans le cœur jusqu'à présent?

Dieu merci, je n'ai jamais cherché la science, je n'ai voulu d'aucun état; je n'ai jamais donné un centre aux cercles gigantesques de la pensée; je n'y ai laissé entrer que l'amour des arts, qui est l'encens de l'autel, mais qui n'en est pas le dieu. J'ai vécu de mon pinceau, de mon travail; mais mon travail n'a nourri que mon corps; mon âme a gardé sa faim céleste. J'ai posé sur le seuil de mon cœur le fouet dont Jésus-Christ flagella les vendeurs du temple. Dieu merci, je n'ai jamais aimé; mon cœur n'était à rien jusqu'à ce qu'il fût à elle.

DAMIEN.

Comment exprimer tout ce qui se passe dans mon âme? Je te vois heureux. Ne m'es-tu pas aussi cher que lui?

CORDIANI.

Et maintenant qu'elle est à moi; maintenant qu'assis à ma table, je laisse couler comme de douces larmes les vers insensés qui lui parlent de mon amour, et que je crois sentir derrière moi son fantôme charmant s'incliner sur mon épaule pour les lire; maintenant que j'ai un nom sur les lèvres! ô mon ami!

quel est l'homme ici-bas qui n'a pas vu appa-
raître cent fois, mille fois, dans ses rêves, un
être adoré, fait pour lui, devant vivre pour
lui? Eh bien! quand un seul jour au monde
on devrait rencontrer cet être, le serrer dans
ses bras, et mourir!

DAMIEN.

Tout ce que je puis te répondre, Cordiani,
c'est que ton bonheur m'épouvante. Qu'André
l'ignore, voilà l'important.

CORDIANI.

Que veut dire cela? Crois-tu que je l'aie sé-
duite? qu'elle ait réfléchi, et que j'aie réfléchi?
Depuis un an je la vois tous les jours; je lui
parle, et elle me répond; je fais un geste, et
elle me comprend. Elle se met au clavecin,
elle chante, et moi, les lèvres entr'ouvertes, je
regarde une longue larme tomber en silence
sur ses bras nus. Et de quel droit ne serait-
elle pas à moi?

DAMIEN.

De quel droit?

CORDIANI.

Silence! j'aime et je suis aimé. Je ne veux
rien analyser, rien savoir : il n'y a d'heureux

que les enfans qui cueillent un fruit et le portent à leurs lèvres sans penser à autre chose,
sinon qu'ils l'aiment, et qu'il est à portée de
leurs mains.

DAMIEN.

Ah! si tu étais là, à cette place où je suis,
et si tu te jugeais toi-même! Que dira demain
l'homme à l'enfant?

CORDIANI.

Non! non! Est-ce d'une orgie que je sors,
pour que l'air du matin me frappe au visage?
L'ivresse de l'amour est-elle une débauche,
pour s'évanouir avec la nuit? Toi, que voilà,
Damien, depuis combien de temps m'as-tu
vu l'aimer? Qu'as-tu à dire à présent, toi qui
es resté muet; toi qui as vu pendant une année chaque battement de mon cœur, chaque
minute de ma vie, se détacher de moi pour
s'unir à elle? et je suis coupable aujourd'hui?
Alors pourquoi suis-je heureux? Et que me
diras-tu d'ailleurs que je ne me sois dit cent
fois à moi-même? Suis-je un libertin sans
cœur? suis-je un athée? Ai-je jamais parlé
avec mépris de tous ces mots sacrés, qui, depuis que le monde existe, errent vainement

sur les lèvres des hommes? Tous les reproches
imaginables, je me les suis adressés, et cependant je suis heureux. Le remords, la vengeance hideuse, la triste et muette douleur,
tous ces spectres terribles sont venus se présenter au seuil de ma porte; aucun n'a pu
rester debout devant l'amour de Lucrèce. Silence! on ouvre les portes; viens avec moi dans
mon atelier. Là, dans une chambre fermée à
tous les yeux, j'ai taillé dans le marbre le plus
pur l'image adorée de ma maîtresse. Je veux
te répondre devant elle; viens, sortons; la cour
s'emplit de monde, et l'académie va s'ouvrir.

Ils sortent.

Les peintres traversent la cour en tous sens.

LIONEL *et* CÉSARIO *s'avancent.*

LIONEL.

Le maître est-il levé?

CÉSARIO, chantant.

> Il se levait de bon matin,
> Pour se mettre à l'ouvrage;
> Tin taine, tin tin.
> Le bon gros père Célestin,
> Il se levait de bon matin,
> Comme un coq de village.

LIONEL.

Que d'écoliers autrefois dans cette académie ! comme on se disputait pour l'un, pour l'autre ; quel événement que l'apparition d'un nouveau tableau ! Sous Michel-Ange, les écoles étaient de vrais champs de bataille ; aujourd'hui elles se remplissent à peine, lentement, de jeunes gens silencieux. On travaille pour vivre, et les arts deviennent des métiers.

CÉSARIO.

C'est ainsi que tout passe sous le soleil. Moi, Michel-Ange m'ennuyait ; je suis bien aise qu'il soit mort.

LIONEL.

Quel génie que le sien !

CÉSARIO.

Eh bien ! oui, c'est un homme de génie ; qu'il nous laisse tranquilles. As-tu vu le tableau du Pontormo ?

LIONEL.

Et j'y ai vu le siècle tout entier : un homme incertain entre mille chemins divers, la caricature des grands maîtres ; se noyant dans son propre enthousiasme, capable de se rete-

nir, pour s'en tirer, au manteau gothique
d'Albert Durer.

CÉSARIO.

Vive le gothique! Si les arts se meurent, l'antiquité ne rajeunira rien. *Tra deri da!* Il nous
faut du nouveau.

ANDRÉ DEL SARTO, entrant et parlant à un valet.

Dites à Grémio de seller deux chevaux, un
pour lui et un pour moi. Nous allons à
la ferme.

CÉSARIO, continuant.

Du nouveau à tout prix, du nouveau! Eh
bien! maître, quoi de nouveau ce matin?

ANDRÉ.

Toujours gai, Césario? Tout est nouveau
aujourd'hui, mon enfant; la verdure, le soleil
et les fleurs, tout sera encore nouveau demain.
Il n'y a que l'homme qui se fasse plus vieux,
tout se fait plus jeune autour de lui chaque
jour. Bonjour, Lionel; levé de si bonne heure,
mon vieil ami?

CÉSARIO.

Alors les jeunes peintres ont donc raison
de demander du neuf, puisque la nature elle-
même en veut pour elle, et en donne à tous.

LIONEL.

Songes-tu à qui tu parles ?

ANDRÉ.

Ah ! ah ! déjà en train de discuter ? La discussion, mes bons amis, est une terre stérile,
croyez-moi ; c'est elle qui tue tout. Moins de
préfaces, et plus de livres. Vous êtes peintres,
mes enfans ; que votre bouche soit muette, et
que votre main droite parle pour vous. Écoute-
moi cependant, Césario. La nature veut toujours être nouvelle, c'est vrai ; mais elle reste
toujours la même. Es-tu de ceux qui souhai-
teraient qu'elle changeât la couleur de sa robe,
et que les bois se colorassent en bleu ou en
rouge ? Ce n'est pas ainsi qu'elle l'entend ; à
côté d'une fleur fanée naît une fleur toute
semblable, et des milliers de familles se re-
connaissent sous la rosée aux premiers rayons
du soleil. Chaque matin l'ange de vie et de
mort apporte à la mère commune une nouvelle parure, mais toutes ses parures se res-
semblent. Que les arts tâchent de faire comme
elle, puisqu'ils ne sont rien qu'en l'imitant.
Que chaque siècle voie de nouvelles mœurs,

de nouveaux costumes, de nouvelles pensées. Mais que le génie soit invariable comme la beauté. Que de jeunes mains, pleines de force et de vie, reçoivent avec respect le flambeau sacré des mains tremblantes des vieillards; qu'ils la protégent du souffle des vents, cette flamme divine qui traversera les siècles futurs, comme elle a fait des siècles passés. Retiendras-tu cela, Césario? Et maintenant, va travailler; à l'ouvrage! à l'ouvrage! la vie est si courte!

Il le pousse dans l'atelier.

A Lionel.

Nous vieillissons, mon pauvre ami. La jeunesse ne veut plus guère de nous. Je ne sais si c'est que le siècle est un nouveau-né, ou un vieillard tombé en enfance.

LIONEL.

Mort de Dieu! il ne faut pas que vos nouveau-venus m'échauffent par trop les oreilles! je finirai par garder mon épée pour travailler.

ANDRÉ.

Te voilà bien, avec tes coups de rapière, brave Lionel! On ne tue aujourd'hui que les moribonds; le temps des épées est passé en Italie. Allons, allons, mon vieux, laisse dire les bavards, et tâchons d'être de notre temps, jusqu'à ce qu'on nous enterre.

Damien entre.

Eh bien ! mon cher Damien, Cordiani vient-il aujourd'hui ?

DAMIEN.

Je ne crois pas qu'il vienne, il est malade.

ANDRÉ.

Malade ! lui ! Je l'ai vu hier soir. Il ne l'était point. Sérieusement malade ? allons chez lui, Damien. Que peut-il avoir ?

DAMIEN.

N'allez pas chez lui, il ne saurait vous recevoir. Il s'est enfermé pour la journée.

ANDRÉ.

Oh ! non pas pour moi. Allons, Damien.

DAMIEN.

Sérieusement, il veut être seul.

ANDRÉ.

Seul ! et malade ! tu m'effraies. Lui est-il arrivé quelque chose ? une dispute ? un duel ? violent comme il est ! ah ! mon Dieu ! mais qu'est-ce donc ? il ne m'a rien fait dire ; il est blessé, n'est-ce pas ? Pardonnez-moi, mes amis.

Aux peintres qui sont restés et qui l'attendent.

Mais vous le savez, c'est mon ami d'enfance, c'est mon meilleur, mon plus fidèle compagnon.

DAMIEN.

Rassurez-vous ; il ne lui est rien arrivé. Une fièvre légère ; demain vous le verrez bien portant.

ANDRÉ.

Dieu le veuille ! Dieu le veuille ! Ah ! que de prières j'ai adressées au ciel pour la conservation d'une vie aussi chère ! Vous le dirai-je, ô mes amis ! dans ces temps de décadence où la mort de Michel-Ange nous a laissés, c'est en lui que j'ai mis mon espoir ; c'est un cœur chaud, mais un bon cœur. La Providence ne laisse pas s'égarer de telles facultés ! Que de fois, assis derrière lui, tandis qu'il parcourait du haut en bas son échelle, une palette à la main, j'ai senti se gonfler ma poitrine, j'ai étendu les bras, prêt à le serrer sur mon cœur, à baiser ce front si jeune et si ouvert, d'où le génie rayonnait de toutes parts ! Quelle facilité ! quel enthousiasme ! mais quel sévère et cordial amour de la vérité ! Que de fois j'ai

pensé avec délices qu'il était plus jeune que
moi! Je regardais tristement mes pauvres ou-
vrages, et je m'adressais en moi-même aux
siècles futurs; voilà tout ce que j'ai pu faire,
leur disais-je, mais je vous lègue mon ami.

LIONEL.

Maître, un homme est là qui vous appelle.

ANDRÉ.

Qu'est-ce? qu'y a-t-il?

UN DOMESTIQUE.

Les chevaux sont sellés; Grémio est prêt,
monseigneur.

ANDRÉ.

Allons, je vous dis adieu; je serai à l'atelier
dans deux heures. Mais il n'a rien?

A Damien.

rien de grave, n'est-ce pas? Et nous le verrons
demain? Viens donc souper avec nous; et si
tu vois Lucrèce, dis-lui que je vais à la ferme,
et que je reviens.

Il sort.

Scène deuxième.

Un petit bois. André dans l'éloignement.

GRÉMIO, *assis sur l'herbe*.

Hum! hum! je l'ai bien vu, pourtant. Quel intérêt pouvait-il avoir à me dire le contraire? Il faut cependant qu'il en ait un, puisqu'il m'a donné

Il compte dans sa main.

quatre, cinq, six...; diable! il y a quelque chose là-dessous; non, certainement, pour un voleur, ce n'en était pas un. J'avais bien eu une autre idée; mais...., oh! mais, c'est là qu'il faut s'arrêter. Tais-toi, me suis-je dit, Grémio, holà, mon vieux, point de ceci. Cela serait drôle à penser! penser n'est rien : qu'est-ce qu'on en voit? on pense ce qu'on veut.

Il chante.

Le berger dit au ruisseau :
Tu vas bien vite au moulin,
As-tu vu, as-tu vu la meunière
Se mirer dans tes eaux?

ANDRÉ, revenant.

Grémio, va remettre les brides à ces pauvres bêtes; il faut reprendre notre voyage; le
soleil commence à baisser, nous aurons moins
chaud pour revenir.

Grémio sort.

ANDRÉ, seul, s'asseyant.

Point d'argent chez ce Juif! des supplica-
tions sans fin, et point d'argent! Que dirai-je
quand les envoyés du roi de France... Ah! André, pauvre André, comment peux-tu pronon-
cer ce mot-là? Des monceaux d'or entre tes
mains; la plus belle mission qu'un roi ait jamais confiée à un homme; cent chefs-d'œuvre
à rapporter, cent artistes pauvres et souffrans
à guérir, à enrichir! le rôle d'un bon ange à
jouer! les bénédictions de la patrie à recevoir,
et après tout cela, avoir peuplé un palais d'ou-
vrages magnifiques, et rallumé le feu sacré
des arts, prêt à s'éteindre à Florence! André!
comme tu te serais mis à genoux de bon cœur
au chevet de ton lit le jour où tu aurais rendu
fidèlement tes comptes! Et c'est François Ier
qui te les demande! lui, le chevalier sans re-
proche, l'honnête homme, aussi bien que

l'homme généreux! lui, le protecteur des arts!
le père d'un siècle aussi beau que l'antiquité!
Il s'est fié à toi, et tu l'as trompé! Tu l'as
volé, André! car cela s'appelle ainsi, ne t'a-
buse pas là-dessus. Où est passé cet argent?
Des bijoux pour ta femme, des fêtes, des plaisirs
plus tristes que l'ennui!

Il se lève.

Songes-tu à cela, André? tu es déshonoré?
Aujourd'hui te voilà respecté, chéri de tes élèves, aimé d'un ange. O Lucrèce! Lucrèce! Demain la fable de Florence; car enfin il faut
bien que tôt ou tard ces comptes terribles...
Enfer! et ma femme elle-même n'en sait rien!
Ah! voilà ce que c'est que de manquer de caractère! Que faisait-elle de mal en me deman-
dant ce qui lui plaisait? Et moi je le lui don-
nais, parce qu'elle le demandait, rien de plus;
faiblesse maudite! pas une réflexion. A quoi
tient donc l'honneur? Et Cordiani? pourquoi
ne l'ai-je pas consulté? lui, mon meilleur,
mon unique ami? que dira-t-il? l'honneur?....
ne suis-je pas un honnête homme? j'ai fait un
vol, cependant. Ah! s'il s'agissait d'entrer la
nuit chez un grand seigneur, de briser un

coffre-fort et de s'enfuir; cela est horrible à penser, impossible. Mais quand l'argent est là, entre vos mains, qu'on n'a qu'à y puiser, que la pauvreté vous talonne, non pas pour vous, mais Lucrèce! mon seul bien ici-bas, ma seule joie! un amour de dix ans! et quand on se dit qu'après tout, avec un peu de travail, on pourra remplacer... Oui, remplacer! le portique de l'Annonciade m'a valu un sac de blé!

GRÉMIO revient.

Voilà qui est fait. Nous partirons quand vous voudrez.

ANDRÉ.

Qu'as-tu donc, Grémio? je te regardais arranger ces brides; tu te sers aujourd'hui de ta main gauche.

GRÉMIO.

De ma main...? Ah! ah! je sais ce que c'est. Plaise à votre excellence, j'ai le bras droit un peu blessé. Oh! pas grand'chose; mais je me fais vieux, et, dame! dans mon temps..... j'aurais dit....

ANDRÉ.

Tu es blessé, dis-tu? Qui t'a blessé?

GRÉMIO.

Ah! voilà le difficile. Qui? personne; et cependant je suis blessé. Oh! ce n'est pas à dire
qu'on puisse se plaindre, en conscience.....

ANDRÉ.

Personne? toi-même, apparemment.

GRÉMIO.

Non pas, non pas: où serait le fin, sans cela?
Personne, et moi moins que tout autre.

ANDRÉ.

Si tu veux rire, tu prends mal ton temps.
Remontons à cheval, et partons.

GRÉMIO.

Ainsi soit-il. Ce que j'en disais n'était point
pour vous fâcher, encore moins pour rire.
Aussi bien riait-il fort peu ce matin, quand il
me l'a donné en courant.

ANDRÉ.

Qui? que veut dire cela? qui te l'a donné?
Tu as un air de mystère singulier, Grémio.

GRÉMIO.

Ma foi, au fait, écoutez. Vous êtes mon
maître; on aura beau dire, cela doit se savoir;

et qui le saurait si ce n'est vous? Voilà l'histoire:
j'avais entendu marcher ce matin dans la cour,
vers quatre heures; je me suis levé, et j'ai vu
descendre tout doucement, de la fenêtre, un
homme en manteau.

ANDRÉ.

De quelle fenêtre?

GRÉMIO.

Un homme en manteau, à qui j'ai crié d'arrêter; j'ai cru naturellement que c'était un
voleur, et donc, au lieu de s'arrêter, vous
voyez à mon bras; c'est son stylet qui m'a ef-
fleuré.

ANDRÉ.

De quelle fenêtre, Grémio?

GRÉMIO.

Ah! voilà encore: dame! écoutez, puisque
j'ai commencé; c'était de la fenêtre de madame
Lucrèce.

ANDRÉ.

De Lucrèce?

GRÉMIO.

Oui, monsieur.

ANDRÉ.

Cela est singulier!

GRÉMIO.

Bref, il s'est enfui dans le parc. J'ai bien
appelé et crié au voleur! mais là-dessus voilà
le fin : M. Damien est arrivé, qui m'a dit que
je me trompais, que lui le savait mieux que
moi ; enfin il m'a donné une bourse, pour me
taire.

ANDRÉ.

Damien ?

GRÉMIO.

Oui, monsieur, la voilà. A telle enseigne.....

ANDRÉ.

De la fenêtre de Lucrèce? Damien l'avait
donc vu, cet homme ?

GRÉMIO.

Non, monsieur; il est sorti comme j'appe-
lais.

ANDRÉ.

Comment était-il?

GRÉMIO.

Qui? M. Damien?

ANDRÉ.

Non, l'autre.

GRÉMIO.

Oh! ma foi, je ne l'ai guère vu.

ANDRÉ.

Grand, ou petit?

GRÉMIO.

Ni l'un ni l'autre. Et puis, le matin, ma foi...

ANDRÉ.

Cela est étrange. Et Damien t'a défendu d'en parler?

GRÉMIO.

Sous peine d'être chassé par vous.

ANDRÉ.

Par moi? Écoute, Grémio : ce soir à l'heure où je me retire, tu te mettras sous cette fenêtre; mais caché, tu entends? Prends ton épée, et si par hasard quelqu'un essayait, tu me comprends? Appelle à haute voix, ne te laisse pas intimider, je serai là.

GRÉMIO.

Oui, monsieur.

ANDRÉ.

J'en chargerais bien un autre que toi ; mais, vois-tu, Grémio, je crois savoir ce que c'est : c'est de peu d'importance, vois-tu? une bagatelle, quelque plaisanterie de jeune homme. As-tu vu la couleur du manteau?

GRÉMIO.

Noir, noir; oui, je crois, du moins.

ANDRÉ.

J'en parlerai à Cordiani. Ainsi donc, c'est
convenu; ce soir, vers onze heures, minuit;
n'aie aucune peur, je te le dis, c'est une pure
plaisanterie. Tu as très-bien fait de me le dire,
et je ne voudrais pas qu'un autre que toi le
sût; c'est pour cela que je te charge.... — Et tu
n'as pas vu son visage?

GRÉMIO.

Si; mais il s'est sauvé si vite! et puis le coup
de stylet....

ANDRÉ.

Il n'a pas parlé?

GRÉMIO.

Quelques mots, quelques mots.

ANDRÉ.

Tu ne connais pas la voix?

GRÉMIO.

Peut-être, je ne sais pas. Tout cela a été l'affaire d'un instant.

ANDRÉ.

C'est incroyable! Allons, viens; partons vite.

Vers onze heures. Il faudra que j'en parle à
Cordiani. Tu es sûr de la fenêtre?

GRÉMIO.

Oh! très-sûr.

ANDRÉ.

Partons! partons!

(Ils sortent.)

Scène troisième.

LUCRÈCE, SPINETTE.

LUCRÈCE.

As-tu entr'ouvert la porte, Spinette? As-tu
posé la lampe dans l'escalier?

SPINETTE.

J'ai fait tout ce que vous m'aviez ordonné.

LUCRÈCE.

Tu mettras sur cette chaise mes vêtemens
de nuit, et tu me laisseras seule, ma chère enfant.

SPINETTE.

Oui, madame.

LUCRÈCE, à son prie-Dieu.

Pourquoi m'as-tu chargée du bonheur d'un autre, ô mon Dieu? S'il ne s'était agi que du mien, je ne l'aurais pas défendu, je ne t'aurais pas disputé ma vie. Pourquoi m'as-tu confié la sienne?

SPINETTE.

Ne cesserez-vous pas, ma chère maîtresse, de prier et de pleurer ainsi? Vos yeux sont gonflés de larmes, et depuis deux jours vous n'avez pas pris un moment de repos.

LUCRÈCE, priant.

L'ai-je accompli ta fatale mission? ai-je sauvé son âme en me perdant pour lui? Si tes bras sanglans n'étaient pas cloués sur ce crucifix, ô Christ, me les ouvrirais-tu?

SPINETTE.

Je ne puis me retirer. Comment vous laisser seule dans l'état où je vous vois?

LUCRÈCE.

Le puniras-tu de ma faute? Ce n'est pas lui qui est coupable; il n'a prononcé aucun ser-

ment sur la terre; il n'a pas trahi son épouse;
il n'a point de devoirs, point de famille; il n'a
rien fait qu'aimer et qu'être aimé.

SPINETTE.

Onze heures vont sonner.

LUCRÈCE.

Ah! Spinette, ne m'abandonne pas! Mes
larmes t'affligent, mon enfant? Il faut pourtant
bien qu'elles coulent. Crois-tu qu'on perde
sans souffrir tout son repos et son bonheur?
Toi qui lis dans mon cœur comme dans le tien,
toi pour qui ma vie est un livre ouvert, dont
tu connais toutes les pages, crois-tu qu'on
puisse voir s'envoler sans regret dix ans d'innocence et de tranquillité?

SPINETTE.

Que je vous plains!

LUCRÈCE.

Détache ma robe; onze heures sonnent. De
l'eau, que je m'essuie les yeux; il va venir, Spinette! Mes cheveux sont-ils en désordre? ne
suis-je point pâle? Insensée que je suis d'avoir
pleuré! Ma guitare! place devant moi cette romance; elle est de lui. Il vient, il vient, ma

chère! Suis-je belle ce soir? lui plairai-je ainsi?

UNE SERVANTE, entrant.

Monseigneur André vient de passer dans l'appartement; il demande si l'on peut entrer chez vous.

ANDRÉ, entrant.

Bonsoir, Lucrèce; vous ne m'attendiez pas à cette heure, n'est-il pas vrai? Que je ne vous importune pas, c'est tout ce que je désire. De grâce, dites-moi, alliez-vous renvoyer vos femmes? j'attendrai pour vous voir le moment du souper.

LUCRÈCE.

Non, pas encore; non, en vérité!

ANDRÉ.

Les momens que nous passons ensemble sont si rares! et ils me sont si chers! Vous seule au monde, Lucrèce, me consolez de tous les chagrins qui m'obsèdent. Ah! si je vous perdais! tout mon courage, toute ma philosophie est dans vos yeux.

Il s'approche de la fenêtre et soulève le rideau.

A part.

Grémio est en bas, je l'aperçois.

LUCRÈCE.

Avez-vous quelque sujet de tristesse, mon

ami? vous étiez gai à dîner, il m'a semblé?

ANDRÉ.

La gaîté est quelquefois triste, et la mélancolie a le sourire sur les lèvres.

LUCRÈCE.

Vous êtes allé à la ferme? A propos, il y a là une lettre pour vous; les envoyés du roi de France doivent venir demain.

ANDRÉ.

Demain? Ils viennent demain?

LUCRÈCE.

L'apprenez-vous comme une fâcheuse nouvelle? Alors on pourrait vous dire éloigné de Florence, malade; en tout cas, ils ne vous verraient pas.

ANDRÉ.

Pourquoi? je les recevrai avec plaisir; ne suis-je pas prêt à rendre mes comptes? Dites-moi, Lucrèce, cette maison vous plaît-elle? Etes-vous invitée? L'hiver vous paraît-il agréable cette année? Que ferons-nous? Vos nouvelles parures vous vont-elles bien?

On entend un cri étouffé dans le jardin, et des pas précipités.

ANDRÉ.

Que veut dire ce bruit? qu'y a-t-il?

Cordiani, dans le plus grand désordre, entre dans la chambre.

Qu'as-tu, Cordiani? Qui t'amène? Que signifie ce désordre? que t'est-il arrivé? tu es
pâle comme la mort!

LUCRÈCE.

Ah! je suis morte.

ANDRÉ.

Réponds-moi; qui t'amène à cette heure?
As-tu une querelle? faut-il te servir de second?
As-tu perdu au jeu? veux-tu ma bourse?

Il lui prend la main.

Au nom du ciel, parle: tu es comme une statue.

CORDIANI.

Non..., non..., je venais te parler..., te dire...,
en vérité, je venais.... je ne sais...

ANDRÉ.

Qu'as-tu donc fait de ton épée? Par le ciel,
il se passe en toi quelque chose d'étrange.
Veux-tu que nous allions dans ce salon? ne
peux-tu parler devant ces femmes? A quoi
puis-je t'être bon? réponds, il n'y a rien que je

ne fasse. Mon ami, mon cher ami, doutes-tu de moi?

CORDIANI.

Tu l'as deviné. J'ai une querelle. Je ne puis parler ici. Je te cherchais. Je suis entré sans savoir pourquoi. On m'a dit que... que tu étais ici; et je venais. Je ne puis parler ici.

LIONEL, entrant.

Maître, Grémio est assassiné!

ANDRÉ.

Qui dit cela?

Plusieurs domestiques entrent dans la chambre.

UN DOMESTIQUE.

Maître, on vient de tuer Grémio; le meurtrier est dans la maison. On l'a vu entrer par la poterne.

Cordiani se retire dans la foule.

ANDRÉ.

Des armes! des armes! prenez ces flambeaux, parcourez toutes les chambres; qu'on ferme la porte en dedans.

LIONEL.

Il ne peut être loin. Le coup vient d'être fait à l'instant même.

ANDRÉ.

Il est mort? mort? Où est donc mon épée?
Ah ! en voilà une à cette muraille.

Il va prendre une épée. Regardant sa main ,

Tiens ! c'est singulier ; ma main est pleine
de sang. D'où me vient ce sang ?

LIONEL.

Viens avec nous, maître ; je te réponds de le
trouver.

ANDRÉ.

D'où me vient ce sang? ma main en est cou-
verte. Qui donc ai-je touché? je n'ai pourtant
touché que.... tout-à-l'heure.... Éloignez-vous !
sortez d'ici !

LIONEL.

Qu'as-tu, maître? pourquoi nous éloigner ?

ANDRÉ.

Sortez! sortez! laissez-moi seul. C'est bon ;
qu'on ne fasse aucune recherche, aucune, cela
est inutile; je le défends. Sortez d'ici ! tous !
tous! obéissez, quand je vous parle.

Tous se retirent en silence.

ANDRÉ, regardant sa main.

Pleine de sang! je n'ai touché que la main
de Cordiani!

ACTE SECOND.

Scène première.

Le jardin. — Il est nuit. — Clair de lune.

CORDIANI, UN VALET.

CORDIANI.

Il veut me parler ?

LE VALET.

Oui, monsieur, sans témoin ; cet endroit est celui qu'il m'a désigné.

CORDIANI.

Dites-lui donc que je l'attends.

Le valet sort ; Cordiani s'asseoit sur une pierre.

DAMIEN, *dans la coulisse.*

Cordiani ? où est Cordiani ?

CORDIANI.

Eh bien ! que me veux-tu ?

DAMIEN.

Je quitte André, il ne sait rien, ou du moins rien qui te regarde. Il connaît parfaitement, dit-il, le motif de la mort de Grémio, et n'en accuse personne, toi moins que tout autre.

CORDIANI.

Est-ce là ce que tu as à me dire ?

DAMIEN.

Oui, c'est à toi de te régler là-dessus.

CORDIANI.

En ce cas, laisse-moi seul.

Lionel et Gésario passant.   *Il va se rasseoir.*

LIONEL.

Conçoit-on rien à cela ? Nous renvoyer, ne rien vouloir entendre, laisser sans vengeance

un coup pareil! Ce pauvre vieillard qui le sert
depuis son enfance, que j'ai vu le bercer sur
ses genoux! Ah! mort Dieu! si c'était moi, il
y aurait eu d'autre sang de versé que celui-là.

DAMIEN.

Ce n'est pourtant pas un homme comme André qu'on peut accuser de lâcheté.

LIONEL.

Lâcheté ou faiblesse, qu'importe le nom?
Quand j'étais jeune, cela ne se passait pas ainsi.
Il n'était, certes, pas bien difficile de trouver
l'assassin; et si l'on ne veut pas se compro-
mettre soi-même, par mon patron, on a des
amis.

CÉSARIO.

Quant à moi, je quitte la maison; je suis
venu ce matin à l'académie pour la dernière
fois : y viendra qui voudra, je vais chez Pontormo.

LIONEL.

Mauvais cœur que tu es! pour tout l'or du
monde, je ne voudrais pas changer de maître.

CÉSARIO.

Bah! je ne suis pas le seul; l'atelier est d'une

tristesse!... Julietta n'y veut plus poser. Et
comme on rit chez Pontormo! toute la journée
on fait des armes; on boit, on danse. Adieu,
Lionel, au revoir.

DAMIEN.

Dans quel temps vivons-nous! Ah! monsieur, notre pauvre ami est bien à plaindre.
Soupez-vous avec nous?

Ils sortent.

CORDIANI, seul.

N'est-ce pas André que j'aperçois là-bas entre ces arbres? Il cherche; le voilà qui approche. Holà, André! par ici.

ANDRÉ, entrant.

Sommes-nous seuls?

CORDIANI.

Seuls.

ANDRÉ.

Vois-tu ce stylet, Cordiani? Si maintenant
je t'étendais à terre d'un revers de ma main,
et si je t'enterrais au pied de cet arbre, là, dans
ce sable où voilà ton ombre, le monde n'aurait rien à me dire, j'en ai le droit, et ta vie
m'appartient.

CORDIANI.

Tu peux le faire, ami, tu peux le faire.

ANDRÉ.

Crois-tu que ma main tremblerait? pas plus
que la tienne, il y a une heure, sur la poitrine
de mon vieux Grémio. Tu le vois, je le sais, tu
me l'as tué. A quoi t'attends-tu à présent?
Penses-tu que je sois un lâche, et que je ne
sache pas tenir une épée? Es-tu prêt à te battre? n'est-ce pas là ton devoir et le mien?

CORDIANI.

Je ferai ce que tu voudras.

ANDRÉ.

Assieds-toi, et écoute. Je suis né pauvre.
Le luxe qui m'environne vient de mauvaise
source. C'est un dépôt dont j'ai abusé. Seul,
parmi tant de peintres illustres, je survis jeune
encore au siècle de Michel-Ange, et je vois de
jour en jour tout s'écrouler autour de moi.
Rome et Venise sont encore florissantes. Notre
patrie n'est plus rien. Je lutte en vain contre
les ténèbres; le flambeau sacré s'éteint dans
ma main. Crois-tu que ce soit peu de chose
pour un homme qui a vécu de son art vingt
ans, que de le voir tomber? Mes ateliers sont
déserts, ma réputation est perdue. Je n'ai point

d'enfans, point d'espérance qui me rattache à la vie. Ma santé est faible, et le vent de la peste qui souffle de l'Orient me fait trembler comme une feuille. Dis-moi, que me restait-il au monde? Suppose qu'il m'arrive dans mes nuits d'insomnie de me poser un stylet sur le cœur. Dis-moi, qui a pu me retenir jusqu'à ce jour?

CORDIANI.

N'achève pas, André.

ANDRÉ.

Je l'aimais d'un amour indéfinissable. Pour elle, j'aurais lutté contre une armée; j'aurais bêché la terre et traîné la charrue, pour ajouter une perle à ses cheveux. Ce vol que j'ai commis, ce dépôt du roi de France qu'on vient me redemander demain, et que je n'ai plus, c'est pour elle, c'est pour lui donner une année de richesse et de bonheur, pour la voir, une fois dans ma vie, entourée de plaisirs et de fêtes, que j'ai tout dissipé. La vie m'était moins chère que l'honneur, et l'honneur que l'amour de Lucrèce; que dis-je? qu'un sourire de ses lèvres, qu'un rayon de joie dans ses yeux. Ce que tu vois là, Cordiani, cet être souffrant

et misérable qui est devant toi, que tu as vu
depuis dix ans errer dans ces sombres porti-
ques, ce n'est pas là André del Sarto ; c'est un
être insensé, exposé au mépris, aux soucis dé-
vorans. Aux pieds de ma belle Lucrèce était
un autre André, jeune et heureux, insouciant
comme le vent, libre et joyeux comme un
oiseau du ciel, l'ange d'André, l'âme de ce
corps sans vie qui s'agite au milieu des hommes.
Sais-tu maintenant ce que tu as fait ?

CORDIANI.

Oui, maintenant.

ANDRÉ.

Celui-là, Cordiani, tu l'as tué ; celui-là ira
demain au cimetière avec la dépouille du
vieux Grémio ; l'autre reste, et c'est lui qui te
parle ici.

CORDIANI, pleurant.

André ! André !

ANDRÉ.

Est-ce sur moi, ou sur toi, que tu pleures ?
J'ai une faveur à te demander. Grâce à Dieu,
il n'y a point eu d'éclat cette nuit. Grâce à
Dieu, j'ai vu la foudre tomber sur mon édifice
de vingt ans, sans proférer une plainte, et sans

pousser un cri. Si le déshonneur était public, ou je t'aurais tué, ou nous irions nous battre demain. Pour prix du bonheur, le monde accorde la vengeance, et le droit de se servir de cela,

Jetant son stylet.

doit tout remplacer, pour celui qui a tout perdu. Voilà la justice des hommes; encore n'est-il pas sûr, si tu mourais de ma main, que ce ne fût pas toi que l'on plaindrait.

CORDIANI.

Que veux-tu de moi?

ANDRÉ.

Si tu as compris ma pensée, tu sens que je n'ai vu ici, ni un crime odieux, ni une sainte amitié foulée aux pieds; je n'y ai vu qu'un coup de ciseau donné au seul lien qui m'unisse à la vie. Je ne veux pas songer à la main dont il est venu. L'homme à qui je parle n'a pas de nom pour moi. Je parle au meurtrier de mon honneur, de mon amour et de mon repos. La blessure qu'il m'a faite peut-elle être guérie? une séparation éternelle, un silence de mort (car il doit songer que sa mort a dépendu de moi), de nouveaux efforts de ma part, une nouvelle tentative enfin de ressaisir la vie, peuvent-ils

encore me réussir? En un mot, qu'il parte,
qu'il soit rayé pour moi du livre de vie ; qu'une
liaison coupable, et qui, n'a pu exister sans remords, soit rompue à jamais ; que le souvenir
s'en efface lentement, dans un an, dans deux,
peut-être, et qu'alors moi, André, je revienne,
comme un laboureur ruiné par le tonnerre,
rebâtir ma cabane de chaume sur mon champ
dévasté.

CORDIANI.

O mon Dieu !

ANDRÉ.

Je suis fait à la patience. Pour me faire
aimer de cette femme, j'ai suivi durant des années son ombre sur la terre. La poussière où
elle marche est habituée à la sueur de mon
front. Arrivé au terme de la carrière, je re-
commencerai mon ouvrage. Qui sait ce qui
peut advenir de la fragilité des femmes? Qui
sait jusqu'où peut aller l'inconstance de ce sable
mouvant, et si vingt autres années d'amour et
de dévoûment sans bornes n'en pourront pas
faire autant qu'une nuit de débauche? Car
c'est d'aujourd'hui que Lucrèce est coupable,
puisque c'est aujourd'hui pour la première fois

depuis que tu es à Florence que j'ai trouvé ta
porte fermée.

CORDIANI.

C'est vrai.

ANDRÉ.

Cela t'étonne, n'est-ce pas, que j'aie un tel
courage? Cela étonnerait aussi le monde, si le
monde l'apprenait un jour. Je suis de son avis.
Un coup d'épée est plus tôt donné. Mais j'ai un
grand malheur, moi : je ne crois pas à l'autre
vie, et je te donne ma parole que si je ne réus-
sis pas, le jour où j'aurai l'entière certitude
que mon bonheur est à jamais détruit, je
mourrai, n'importe comment. Jusque là, j'ac-
complirai ma tâche.

CORDIANI.

Quand dois-je partir?

ANDRÉ.

Un cheval est à la grille. Je te donne une
heure. Adieu.

CORDIANI.

Ta main, André, ta main !

ANDRÉ, revenant sur ses pas.

Ma main? A qui, ma main? T'ai-je dit une
injure? T'ai-je appelé faux ami? traître aux

sermens les plus sacrés? T'ai-je dit que toi,
qui me tues, je t'aurais choisi pour me défendre, si ce que tu as fait, tout autre l'avait
fait? T'ai-je dit que cette nuit j'eusse perdu
autre chose que l'amour de Lucrèce? T'ai-je
parlé de quelque autre chagrin? Tu le vois
bien, ce n'est pas à Cordiani que j'ai parlé. A
qui veux-tu donc que je donne ma main?

CORDIANI.

Ta main, André! Un éternel adieu, mais un
adieu!

ANDRÉ.

Je ne le puis. Il y a du sang après la tienne.

Il sort.

CORDIANI, seul, frappe à la porte.

Holà, Mathurin!

MATHURIN.

Plaît-il, excellence?

CORDIANI.

Prends mon manteau; rassemble tout ce que
tu trouveras sur ma table et dans mes ar-
moires. Tu en feras un paquet à la hâte, et tu
le porteras à la grille du jardin.

Il s'asseoit.

MATHURIN.

Vous partez, monsieur?

CORDIANI.

Fais ce que je te dis.

DAMIEN, entrant.

André, que je rencontre, m'apprend que tu
pars, Cordiani. Combien je m'applaudis d'une
pareille détermination! Est-ce pour quelque
temps?

CORDIANI.

Je ne sais. Tiens, Damien, rends-moi le service d'aider Mathurin à choisir ce que je dois
emporter.

MATHURIN, sur le seuil de la porte.

Oh! ce ne sera pas long.

DAMIEN.

Il suffit de prendre le plus pressant. On t'en-
verra le reste à l'endroit où tu comptes t'arrêter. A propos, où vas-tu?

CORDIANI.

Je ne sais. Dépêche-toi, Mathurin, dépêche-
toi.

MATHURIN.

Cela est fait dans l'instant.

Il emporte un paquet.

DAMIEN.

Maintenant, mon ami, adieu.

CORDIANI.

Adieu! adieu! Si tu vois ce soir — Je veux
dire — Si demain, ou un autre jour....

DAMIEN.

Qui? Que veux-tu?

CORDIANI.

Rien, rien. Adieu, Damien, au revoir.

DAMIEN.

Un bon voyage!

Il l'embrasse et sort.

MATHURIN.

Monsieur, tout est prêt.

CORDIANI.

Merci, mon brave. Tiens, voilà pour tes
bons services durant mon séjour dans cette
maison.

MATHURIN.

Oh! excellence!

CORDIANI, toujours assis.

Tout est prêt, n'est-ce pas?

MATHURIN.

Oui, monsieur. Vous accompagnerai-je ?

CORDIANI.

Certainement. — Mathurin !

MATHURIN.

Excellence !

CORDIANI.

Je ne puis partir, Mathurin.

MATHURIN.

Vous ne partez pas?

CORDIANI.

Non. C'est impossible, vois-tu.

MATHURIN.

Avez-vous besoin d'autre chose?

CORDIANI.

Non, je n'ai besoin de rien.

Un silence.

CORDIANI, se levant.

Pâles statues, promenades chéries! sombres allées, comment voulez-vous que je parte? Ne sais-tu pas, toi, nuit profonde, que je ne puis partir? O murs que j'ai franchis ! terre que j'ai ensanglantée !

Il retombe sur le banc.

MATHURIN.

Au nom du ciel, hélas! il se meurt. Au secours! au secours!

CORDIANI, se levant précipitamment.

N'appelle pas! viens avec moi.

MATHURIN.

Ce n'est pas là notre chemin.

CORDIANI.

Silence! viens avec moi, te dis-je. Tu es mort si tu n'obéis pas.

Il l'entraîne du côté de la maison.

MATHURIN.

Où allez-vous, monsieur?

CORDIANI.

Ne t'effraie pas; je suis en délire. Cela n'est rien; écoute; je veux une chose bien simple. N'est-ce pas à présent l'heure du souper? Maintenant ton maître est assis à sa table, entouré de ses amis, et en face de lui.... En un mot, mon ami, je ne veux pas entrer; je veux seulement poser mon front sur la fenêtre, les voir un moment. Une seule minute, et nous partons.

Ils sortent.

Scène deuxième.

—

Une chambre. — Une table dressée.

—

ANDRÉ DEL SARTO; LUCRÈCE, *assise*.

ANDRÉ.

Nos amis viennent bien tard. Vous êtes pâle,
Lucrèce. Cette scène vous a effrayée.

LUCRÈCE.

Lionel et Damien sont cependant ici. Je ne
sais qui peut les retenir.

ANDRÉ.

Vous ne portez plus de bagues ? Les vôtres
vous déplaisent? Ah! je me trompe, en voici
une que je ne connaissais pas encore.

LUCRÈCE.

Cette scène, en vérité, m'a effrayée. Je ne
puis vous cacher que je suis souffrante.

ANDRÉ.

Montrez-moi cette bague, Lucrèce; est-ce

un cadeau? est-il permis de l'admirer?

LUCRÈCE donne la bague.

C'est un cadeau de Marguerite, mon amie d'enfance.

ANDRÉ.

C'est singulier, ce n'est pas son chiffre! pourquoi donc? C'est un bijou charmant, mais bien fragile. Ah! mon Dieu, qu'allez-vous me dire? je l'ai brisé en le prenant.

LUCRÈCE.

Il est brisé? mon anneau brisé?

ANDRÉ.

Que je m'en veux de cette maladresse! Mais, en vérité, le mal est sans ressource.

LUCRÈCE.

N'importe! rendez-le-moi tel qu'il est.

ANDRÉ.

Qu'en voudriez-vous faire? l'orfèvre le plus habile n'y pourrait trouver remède.

Il le jette à terre et l'écrase.

LUCRÈCE.

Ne l'écrasez pas! j'y tenais beaucoup.

ANDRÉ.

Bon, Marguerite vient ici tous les jours.
Vous lui direz que je l'ai brisé, et elle vous en
donnera un autre. Avons-nous beaucoup de
monde ce soir? notre souper sera-t-il joyeux?

LUCRÈCE.

Je tenais beaucoup à cet anneau.

ANDRÉ.

Et moi aussi, j'ai perdu cette nuit un joyau
précieux ; j'y tenais beaucoup aussi... Vous ne
répondez pas à ma demande?

LUCRÈCE.

Mais nous aurons notre compagnie habi-
tuelle, je suppose, Lionel, Damien et Cordiani.

ANDRÉ.

Cordiani aussi!... Je suis désolé de la mort
de Grémio.

LUCRÈCE.

C'était votre père nourricier.

ANDRÉ.

Qu'importe? qu'importe? tous les jours on
perd un ami. N'est-ce pas une chose ordinaire
que d'entendre dire : Celui-là est mort; celui-

là est ruiné? On danse, on boit par là-dessus.
Tout n'est qu'heur et malheur.

LUCRÈCE.

Voici nos convives, je pense.

Lionel et Damien entrent.

ANDRÉ.

Allons, mes bons amis, à table! avez-vous
quelque souci, quelque peine de cœur? il s'a-
git de tout oublier. Hélas! oui, vous en avez
sans doute : tout homme en a sous le soleil.

Ils s'asseoient.

LUCRÈCE.

Pourquoi reste-t-il une place vide?

ANDRÉ.

Cordiani est parti pour l'Allemagne.

LUCRÈCE.

Parti? Cordiani?

ANDRÉ.

Oui, pour l'Allemagne. Que Dieu le con-
duise! Allons, mon vieux Lionel, notre jeunesse est là-dedans.

Montrant les flacons.

LIONEL.

Parlez pour moi seul, maître. Puisse la vôtre

durer long-temps encore, pour vos amis et
pour le pays!

ANDRÉ.

Jeune ou vieux, que veut dire ce mot? les
cheveux blancs ne font pas la vieillesse, et le
cœur de l'homme n'a pas d'âge.

LUCRÈCE, à voix basse.

Est-ce vrai, Damien, qu'il est parti?

DAMIEN, de même.

Très-vrai.

LIONEL.

Le ciel est à l'orage; il fait mauvais temps
pour voyager.

ANDRÉ.

Décidément, mes bons amis, je quitte cette
maison; la vie de Florence plaît moins de jour
en jour à ma chère Lucrèce; et quant à moi,
je ne l'ai jamais aimée. Dès le mois prochain,
je compte avoir sur les bords de l'Arno une
maison de campagne, un pampre vert et quelques pieds de jardin. C'est là que je veux ache-
ver ma vie, comme je l'ai commencée. Mes
élèves ne m'y suivront pas. Qu'ai-je à leur apprendre qu'ils ne puissent oublier? Moi-même
j'oublie chaque jour, et moins encore que je

ne le voudrais. J'ai besoin cependant de vivre
du passé; qu'en dites-vous, Lucrèce?

LIONEL.

Renoncez-vous à vos espérances?

ANDRÉ.

Ce sont elles, je crois, qui renoncent à moi.
O mon vieil ami, l'espérance est semblable à
la fanfare guerrière : elle mène au combat et
divinise le danger. Tout est si beau, si facile,
tant qu'elle retentit au fond du cœur! mais le
jour où sa voix expire, le soldat s'arrête et
brise son épée.

DAMIEN.

Qu'avez-vous, madame? vous paraissez souffrir.

LIONEL.

Mais en effet, quelle pâleur! nous devrions
nous retirer.

LUCRÈCE.

Spinette! Entre dans ma chambre, ma
chère, et prends mon flacon sur ma toilette.
Tu me l'apporteras.

Spinette sort.

ANDRÉ.

Qu'avez-vous donc, Lucrèce? O ciel! seriez-
vous réellement malade?

DAMIEN.

Ouvrez cette fenêtre, le grand air vous fera du bien.

Spinette rentre épouvantée.

SPINETTE.

Monseigneur! monseigneur! un homme est là caché.

ANDRÉ.

Où?

SPINETTE.

Là, dans l'appartement de ma maîtresse.

LIONEL.

Mort et furie! voilà la suite de votre faiblesse, maître; c'est le meurtrier de Grémio. Laissez-moi lui parler.

SPINETTE.

J'étais entrée sans lumière. Il m'a saisi la main, comme je passais entre les deux portes.

ANDRÉ.

Lionel, n'entre pas, c'est moi que cela regarde.

LIONEL.

Quand vous devriez me bannir de chez vous, pour cette fois, je ne vous quitte pas. Entrons, Damien.

Il entre.

ANDRÉ, courant à sa femme.

Est-ce lui, malheureuse, est-ce lui?

LUCRÈCE.

O mon Dieu, prends pitié de moi!

Elle s'évanouit.

DAMIEN.

Suivez Lionel, André, empêchez-le de voir Cordiani.

ANDRÉ.

Cordiani? Cordiani? Mon déshonneur est-il si public, si bien connu de tout ce qui m'entoure, que je n'aie qu'un mot à dire, pour qu'on me réponde par celui-ci? Cordiani! Cordiani!...

Criant.

Sors donc, misérable, puisque voilà Damien qui t'appelle!

Lionel rentre avec Cordiani.

ANDRÉ, à tout le monde.

Je vous ai fait sortir tantôt. A présent, je vous prie de rester. Emportez cette femme, messieurs; cet homme est l'assassin de Grémio.

On emporte Lucrèce.

C'est pour entrer chez ma femme qu'il l'a tué. Un cheval!... Dans quelque état qu'elle se trouve, vous, Damien, vous la conduirez à sa

mère... ce soir, à l'instant même. Maintenant,
Lionel, tu vas me servir de témoin. Cordiani
prendra celui qu'il voudra; car tu vois ce qui
se passe, mon ami?

LIONEL.

Mes épées sont dans ma chambre. Nous allons les prendre en passant.

ANDRÉ, à Cordiani.

Ah! vous voulez que le déshonneur soit public! Il le sera, monsieur, il le sera. Mais la
réparation va l'être de même, et malheur à
celui qui la rend nécessaire!

Ils sortent.

Scène troisième.

Une plate-forme, à l'extrémité du jardin. — Un réverbère
est allumé.

MATHURIN, seul.

Où peut-être allé ce jeune homme? Il me
dit de l'attendre, et voilà bientôt une demi-

heure qu'il m'a quitté. Comme il tremblait en approchant de la maison ! Ah ! s'il fallait croire ce qu'on en dit !

JEAN, passant.

Eh bien ! Mathurin, que fais-tu là à cette heure ?

MATHURIN.

J'attends le seigneur Cordiani.

JEAN.

Tu ne viens pas à l'enterrement de ce pauvre Grémio ? on va partir tout-à-l'heure.

MATHURIN.

Vraiment ! j'en suis fâché ; mais je ne puis quitter la place.

JEAN.

J'y vais, moi, de ce pas.

MATHURIN.

Jean, ne vois-tu pas des hommes qui arrivent du côté de la maison ? On dirait que c'est notre maître et ses amis.

JEAN.

Oui, ma foi, ce sont eux : que diable cherchent-ils ? Ils viennent droit à nous.

MATHURIN.

N'ont-ils pas leurs épées à la main?

JEAN.

Non pas, je crois. Si fait, tu as raison. Cela ressemble à une querelle.

MATHURIN.

Tenons-nous à l'écart, et si je ne m'entends pas appeler, j'irai avec toi.

Ils se retirent.

Lionel et Cordiani entrent.

LIONEL.

Cette lumière nous suffira. Placez-vous ici, monsieur; n'aurez-vous pas de second?

CORDIANI.

Non, monsieur.

LIONEL.

Ce n'est pas l'usage, et je vous avoue que pour moi, j'en suis fâché. Du temps de ma jeunesse, il n'y avait guère d'affaires de cette sorte sans quatre épées tirées.

CORDIANI.

Ceci n'est pas un duel, monsieur; André n'aura rien à parer, et le combat ne sera pas long.

LIONEL.

Qu'entends-je? voulez-vous faire de lui un assassin?

CORDIANI.

Je m'étonne qu'il n'arrive pas.

ANDRÉ, entrant.

Me voilà.

LIONEL.

Otez vos manteaux; je vais marquer les lignes. Messieurs, c'est jusqu'ici que vous pouvez rompre.

ANDRÉ.

En garde!

DAMIEN, entrant.

Je n'ai pu remplir la mission dont tu m'avais chargé. Lucrèce refuse mon escorte; elle est partie seule, à pied, accompagnée de sa suivante.

ANDRÉ.

Dieu du ciel! quel orage se prépare!

Il tonne.

DAMIEN.

Lionel, je me présente ici comme le second de Cordiani. André ne verra dans cette démarche qu'un devoir qui m'est sacré; je ne tirerai l'épée que si la nécessité m'y oblige.

CORDIANI.

Merci, Damien, merci.

LIONEL.

Êtes-vous prêts?

ANDRÉ.

Je le suis.

CORDIANI.

Je le suis.

Ils se battent. Cordiani est blessé.

DAMIEN.

Cordiani est blessé!

ANDRÉ, se jetant sur lui.

Tu es blessé, mon ami?

LIONEL, le retenant.

Retirez-vous; nous nous chargeons du reste.

CORDIANI.

Ma blessure est légère. Je puis encore tenir mon épée.

LIONEL.

Non, monsieur, vous allez souffrir beaucoup plus dans un instant. L'épée a pénétré. Si vous pouvez marcher, venez avec nous.

CORDIANI.

Vous avez raison. Viens-tu, Damien? Donne-

moi ton bras, je me sens bien faible. Vous me
laisserez chez Manfredi.

ANDRÉ, bas à Lionel.

La crois-tu mortelle?

LIONEL.

Je ne réponds de rien.

Ils sortent.

ANDRÉ, seul.

Pourquoi me laissent-ils? Il faut que j'aille
avec eux. Où veulent-ils que j'aille?

Il fait quelques pas vers la maison.

Ah! cette maison déserte! Non, par le ciel, je
n'y retournerai pas ce soir. Si ces deux cham-
bres-là doivent être vides cette nuit, la mienne
le sera aussi. Il ne s'est pas défendu. Je n'ai pas
senti son épée. Il a reçu le coup, cela est clair.
Il va mourir chez Manfredi.

C'est singulier. Je me suis pourtant déjà
battu. Lucrèce partie! seule! par cette horrible
nuit! Est-ce que je n'entends pas marcher là-
dedans?

Il va du côté des arbres.

Non, personne. Il va mourir. Lucrèce seule!
avec une femme! Eh bien! quoi? Je suis
trompé par cette femme. Je me bats avec son

amant. Je le blesse. Me voilà vengé. Tout est
dit. Qu'ai-je à faire à présent?

Ah! cette maison déserte! cela est affreux.
Quand je pense à ce qu'elle était hier au soir!
à ce que j'avais, à ce que j'ai perdu! Qu'est-ce
donc pour moi que la vengeance? Quoi! voilà
tout? Et rester seul ainsi? A qui cela rend-il
la vie, de faire mourir un meurtrier? Quoi!
Répondez? Qu'avais-je à faire de chasser ma
femme? d'égorger cet homme? Il n'y a point
d'offensé, il n'y a qu'un malheureux. Je me
soucie bien de vos lois d'honneur! Cela me
console bien que vous ayez inventé cela pour
ceux qui se trouvent dans ma position! que
vous l'ayez réglé comme une cérémonie! Où
sont mes vingt années de bonheur? ma femme?
mon ami? le soleil de mes jours? le repos de
mes nuits? Voilà ce qui me reste.

Il regarde son épée.

Que me veux-tu, toi? On t'appelle l'ami des
offensés. Il n'y a point ici d'homme offensé.
Que la rosée essuie ton sang.

Il la jette.

Ah! cette affreuse maison! Mon Dieu! mon
Dieu!

L'enterrement passe.

Il pleure à chaudes larmes.

ANDRÉ.

Qui enterrez-vous là?

LES PORTEURS.

Nicolas Grémio.

ANDRÉ.

Et toi aussi, mon pauvre vieux, et toi aussi tu m'abandonnes !

ACTE TROISIÈME.

────◦◦◦────

Scène première.

────

Une rue. — Il est toujours nuit.

────

LIONEL, DAMIEN *et* CORDIANI *entrent*.

CORDIANI.

Je ne puis marcher. Le sang m'étouffe. Ar-
rêtez-moi sur ce banc.

Ils le posent sur un banc.

LIONEL.

Que sentez-vous ?

CORDIANI.

Je me meurs, je me meurs. Au nom du ciel, un verre d'eau !

DAMIEN.

Restez ici, Lionel. Un médecin de ma connaissance demeure au bout de la rue. Je cours le chercher.

Il sort.

CORDIANI.

Il est trop tard , Damien.

LIONEL.

Prenez patience. Je vais frapper à cette maison.

Il frappe.

Peut-être pourrons-nous y trouver quelque secours, en attendant l'arrivée du médecin. Personne !

Il frappe de nouveau.

UNE VOIX, en dedans.

Qui est là ?

LIONEL.

Ouvrez! ouvrez, qui que vous soyez vous-même. Au nom de l'hospitalité, ouvrez.

LE PORTIER, ouvrant.

Que voulez-vous ?

LIONEL.

Voilà un gentilhomme blessé à mort. Apportez-nous un verre d'eau, et de quoi panser la plaie.

Le portier sort.

CORDIANI.

Laissez-moi, Lionel. Allez retrouver André. C'est lui qui est blessé, et non pas moi. C'est lui que toute la science humaine ne guérira pas cette nuit. Pauvre André! pauvre André!

LE PORTIER *rentre.*

Buvez cela, mon cher seigneur, et puisse le ciel venir à votre aide!

LIONEL.

A qui appartient cette maison?

LE PORTIER.

A Monna Flora del Fede.

CORDIANI.

La mère de Lucrèce! Oh! Lionel, Lionel, sortons d'ici.

Il se soulève.

Je ne puis bouger. Mes forces m'abandonnent.

LIONEL.

Sa fille Lucrèce n'est-elle pas venue ce soir ici?

LE PORTIER.

Non, monsieur.

LIONEL.

Non! pas encore! cela est singulier!

LE PORTIER.

Pourquoi viendrait-elle à cette heure?

Lucrèce et Spinette arrivent.

LUCRÈCE.

Frappe à la porte, Spinette, je ne m'en sens
pas le courage.

SPINETTE.

Qui est là sur ce banc, couvert de sang et
prêt à mourir?

CORDIANI.

Ah! malheureux!

LUCRÈCE.

Tu demandes qui? C'est Cordiani.

Elle se jette sur le banc.

Est-ce toi? est-ce toi? Qui t'a amené ici? qui
t'a abandonné sur cette pierre? Où est André,
Lionel? Ah! il se meurt! Comment, Paolo, tu
ne l'as pas fait porter chez ma mère?

LE PORTIER.

Ma maîtresse n'est pas à Florence, madame.

LUCRÈCE.

Où est-elle donc? N'y a-t-il pas un médecin à Florence? Allons, monsieur, aidez-moi, et portons-le dans la maison.

SPINETTE.

Songez à cela, madame.

LUCRÈCE.

Songer à quoi? es-tu folle? et que m'importe? Ne vois-tu pas qu'il est mourant? ce ne serait pas lui, que je le ferais.

Damien et un médecin arrivent.

DAMIEN.

Par ici, monsieur! Dieu veuille qu'il soit temps encore!

LUCRÈCE, au médecin.

Venez, monsieur, aidez-nous. Ouvre-nous les portes, Paolo. Ce n'est pas mortel, n'est-ce pas?

DAMIEN.

Ne vaudrait-il pas mieux tâcher de le transporter jusque chez Manfredi?

LUCRÈCE.

Qui est-ce, Manfredi? Me voilà, moi, qui

suis sa maîtresse. Voilà ma maison. C'est pour moi qu'il meurt, n'est-il pas vrai? Eh bien! donc, qu'avez-vous à dire? Oui, cela est certain, je suis la femme d'André del Sarto. Et que m'importe ce qu'on en dira? ne suis-je pas chassée par mon mari? ne serai-je pas la fable de la ville dans deux heures d'ici? Manfredi? Et que dira-t-on? On dira que Lucretia del Fede a trouvé Cordiani mourant à sa porte, et qu'elle l'a fait porter chez elle. Entrez! entrez!

Ils entrent dans la maison, emportant Cordiani.

LIONEL, resté seul.

Mon devoir est rempli; maintenant, à André! Il doit être bien triste, le pauvre homme!

André entre pensif et se dirige vers la maison.

LIONEL.

Qui êtes-vous? où allez-vous?

André ne répond pas.

C'est vous, André? Que venez-vous faire ici?

ANDRÉ.

Je vais voir la mère de ma femme.

LIONEL.

Elle n'est pas à Florence.

ANDRÉ.

Ah! Où est donc Lucrèce, en ce cas?

LIONEL.

Je ne sais; mais ce dont je suis certain, c'est que Monna Flora est absente : retournez chez vous, mon ami.

ANDRÉ.

Comment le savez-vous, et par quel hasard êtes-vous là?

LIONEL.

Je revenais de chez Manfredi, où j'ai laissé Cordiani, et en passant, j'ai voulu savoir...

ANDRÉ.

Cordiani se meurt, n'est-il pas vrai?

LIONEL.

Non, ses amis espèrent qu'on le sauvera.

ANDRÉ.

Tu te trompes, il y a du monde dans la maison; vois donc ces lumières qui vont et qui viennent.

Il va regarder à la fenêtre.

Ah!

LIONEL.

Que voyez-vous?

ANDRÉ.

Suis-je fou, Lionel ? j'ai cru voir passer dans
la chambre basse Cordiani, tout couvert de son
sang, appuyé sur le bras de Lucrèce !

LIONEL.

Vous avez vu Cordiani appuyé sur le bras de
Lucrèce?

ANDRÉ.

Tout couvert de son sang.

LIONEL.

Retournons chez vous, mon ami.

ANDRÉ.

Silence! il faut que je frappe à la porte.

LIONEL.

Pourquoi faire? Je vous dis que Monna Flora
est absente. Je viens d'y frapper moi-même.

ANDRÉ.

Je l'ai vu ! laisse-moi.

LIONEL.

Qu'allez-vous faire, mon ami? êtes-vous un
homme? Si votre femme se respecte assez peu
pour recevoir chez sa mère l'auteur d'un crime
que vous avez puni, est-ce à vous d'oublier

qu'il meurt de votre main, et de troubler peut-
être ses derniers instans?

ANDRÉ.

Que veux-tu que je fasse? oui, oui, je les
tuerais tous deux. Ah! ma raison est égarée. Je
vois ce qui n'est pas. Cette nuit tout entière,
j'ai couru dans ces rues désertes au milieu de
spectres affreux. Tiens, vois, j'ai acheté du
poison.

LIONEL.

Prenez mon bras, et sortons.

ANDRÉ retourne à la fenêtre.

Plus rien! Ils sont là, n'est-ce pas?

LIONEL.

Au nom du ciel, soyez maître de vous. Que
voulez-vous faire? Il est impossible que vous
assistiez à un tel spectacle, et toute violence en
cette occasion serait de la cruauté. Votre ennemi expire; que voulez-vous de plus?

ANDRÉ.

Mon ennemi! lui, mon ennemi! le plus cher,
le meilleur de mes amis Qu'a-t-il donc fait?
il l'a aimée. Sortons, Lionel, je les tuerais tous
deux de ma main.

LIONEL.

Nous verrons demain ce qui vous reste à faire. Confiez-vous à moi ; votre honneur m'est aussi sacré que le mien, et mes cheveux gris vous en répondent.

ANDRÉ.

Ce qui me reste à faire ? Et que veux-tu que je devienne ? Il faut que je parle à Lucrèce.

Il s'avance vers la porte.

LIONEL.

André, André, je vous en supplie, n'approchez pas de cette porte. Avez-vous perdu toute espèce de courage ? La position où vous êtes est affreuse, personne n'y compatit plus vivement, plus sincèrement que moi. J'ai une femme aussi, j'ai des enfans ; mais la fermeté d'un homme ne doit-elle pas lui servir de bouclier ? Demain, vous pourrez entendre des conseils qu'il m'est impossible de vous adresser en ce moment.

ANDRÉ.

C'est vrai, c'est vrai ! qu'il meure en paix ! dans ses bras, Lionel ! Elle veille et pleure sur lui ! A travers les ombres de la mort, il voit errer autour de lui cette tête adorée ! elle lui

sourit et l'encourage! Elle lui présente la
coupe salutaire; elle est pour lui l'image de la
vie. Ah! tout cela m'appartenait; c'était ainsi
que je voulais mourir. Viens, partons, Lionel.

Il frappe à la porte.

Holà! Paolo! Paolo!

LIONEL.

Que faites-vous, malheureux?

ANDRÉ.

Je n'entrerai pas.

Paolo paraît.

Pose ta lumière sur ce banc; il faut que j'é-
crive à Lucrèce.

LIONEL.

Et que voulez-vous lui dire?

ANDRÉ.

Tiens, tu lui remettras ce billet; tu lui diras
que j'attends sa réponse chez moi; oui, chez
moi : je ne saurais rester ici. Viens, Lionel.
Chez moi, entends-tu?

Ils sortent.

Scène deuxième.

—

La maison d'André. — Il est jour.

——

JEAN.

Je crois qu'on frappe à la grille.

Qui demandez-vous, excellence ?

Il ouvre.

Entrent Montjoie et sa suite.

MONTJOIE.

Le peintre André del Sarto.

JEAN.

Il n'est pas au logis, monseigneur.

MONTJOIE.

Si sa porte est fermée, dis-lui que c'est l'envoyé du roi de France qui le fait demander.

JEAN.

Si votre excellence veut entrer dans l'académie, mon maître peut revenir d'un instant à l'autre.

MONTJOIE.

Entrons, messieurs. Je ne suis pas fâché de visiter les ateliers et de voir ses élèves.

JEAN.

Hélas! monseigneur, l'académie est déserte aujourd'hui. Mon maître a reçu très-peu d'écoliers cette année, et à compter de ce jour personne ne vient plus ici.

MONTJOIE.

Vraiment? on m'avait dit tout le contraire. Est-ce que ton maître n'est plus professeur à l'école?

JEAN.

Le voilà lui-même, accompagné d'un de ses amis.

MONTJOIE.

Qui? cet homme qui détourne la rue? Le vieux ou le jeune?

JEAN.

Le plus jeune des deux.

MONTJOIE.

Quel visage pâle et abattu! Quelle tristesse profonde sur tous ses traits! et ces vêtemens

en désordre! Est-ce là le peintre André del
Sarto?

André et Lionel entrent.

LIONEL.

Seigneur, je vous salue. Qui êtes-vous?

MONTJOIE.

C'est à André del Sarto que nous avons affaire. Je suis le comte de Montjoie, envoyé du
roi de France.

ANDRÉ.

Du roi de France? J'ai volé votre maître,
monsieur. L'argent qu'il m'a confié est dissipé,
et je n'ai pas acheté un seul tableau pour lui.

A un valet.

Paolo est-il venu?

MONTJOIE.

Parlez-vous sérieusement?

LIONEL.

Ne le croyez pas, messieurs. Mon ami André est aujourd'hui, pour certaines raisons,
une affaire malheureuse, hors d'état de vous
répondre et d'avoir l'honneur de vous recevoir.

MONTJOIE.

S'il en est ainsi, nous reviendrons un autre
jour.

ANDRÉ.

Pourquoi? Je vous dis que je l'ai volé. Cela est très-sérieux. Tu ne sais pas que je l'ai volé, Lionel? Vous reviendriez cent fois que ce serait de même.

MONTJOIE.

Cela est incroyable.

ANDRÉ.

Pas du tout; cela est tout simple. J'avais une femme.... Non! non! Je veux dire seulement que j'ai usé de l'argent du roi de France, comme s'il m'appartenait.

MONTJOIE.

Est-ce ainsi que vous exécutez vos promesses? Où sont les tableaux que François Ier vous avait chargé d'acheter pour lui?

ANDRÉ.

Les miens sont là-dedans; prenez-les, si vous voulez; ils ne valent rien. J'ai eu du génie autrefois, ou quelque chose qui ressemblait à du génie; mais j'ai toujours fait mes tableaux trop vite, pour avoir de l'argent comptant. Prenez-les cependant. Jean, apporte les deux tableaux que tu trouveras sur le chevalet. Ma

femme aimait le plaisir, messieurs. Vous direz
au roi de France qu'il obtienne l'extradition,
et il me fera juger par ses tribunaux. Ah! le
Corrége, voilà un peintre! il était plus pauvre
que moi. Mais jamais un tableau n'est sorti de
son atelier un quart d'heure trop tôt. L'honnêteté! l'honnêteté! voilà la grande parole. Le
cœur des femmes est un abîme.

MONTJOIE, à Lionel.

Ses paroles annoncent le délire. Qu'en de-
vons-nous penser? Est-ce là l'homme qui vivait
en prince à la cour de France, dont tout le
monde écoutait les conseils, comme un oracle
en fait d'architecture et de beaux-arts?

LIONEL.

Je ne puis vous dire le motif de l'état où
vous le voyez. Si vous en êtes touché, ména-
gez-le.

On apporte les deux tableaux.

ANDRÉ.

Ah! les voilà. Tenez, messieurs, faites-les
emporter. Non pas que je leur donne aucun
prix. Une somme si forte, d'ailleurs! de quoi

payer des Raphaël. Ah! Raphaël! il est mort
heureux, dans les bras de sa maîtresse.

MONTJOIE, regardant.

C'est une magnifique peinture.

ANDRÉ.

Trop vite! trop vite! Emportez-les; que tout
soit fini. Ah! un instant.

Il arrête les porteurs.

Tu me regardes, toi, pauvre fille!

A la figure de la Charité, que représente le tableau.

Tu veux me dire adieu? C'était la Charité,
messieurs. C'était la plus belle, la plus douce
des vertus humaines. Tu n'avais pas eu de
modèle, toi! Tu m'étais apparue dans un songe,
par une triste nuit! pâle comme te voilà, entourée de tes chers enfans qui pressent ta ma-
melle. Celui-là vient de glisser à terre, et regarde sa belle nourrice en cueillant quelques
fleurs des champs. Donnez cela à votre maître,
messieurs. Mon nom est au bas. Cela vaut
quelque argent. Paolo n'est pas venu me demander?

UN VALET.

Non, monsieur.

ANDRÉ.

Que fait-il donc? Ma vie est dans ses mains.

LIONEL, à Monjoie.

Au nom du ciel, messieurs, retirez-vous. Je vous le mènerai demain, si je puis. Vous le voyez vous-mêmes ; un malheur imprévu lui a troublé l'esprit.

MONTJOIE.

Nous obéissons, monsieur ; excusez-nous et tenez votre promesse.

ANDRÉ.   Ils sortent.

J'étais né pour vivre tranquille, vois-tu ? je ne sais point être malheureux. Qui peut retenir Paolo ?

LIONEL.

Et que demandez-vous donc dans cette fatale lettre, dont vous attendez si impatiemment la réponse ?

ANDRÉ.

Tu as raison ; allons-y nous-mêmes. Il vaut toujours mieux s'expliquer de vive voix.

LIONEL.

Ne vous éloignez pas dans ce moment, puisque Paolo doit vous retrouver ici : ce ne serait que du temps perdu.

ANDRÉ.

Elle ne répondra pas. Oh ! comble de misère !

Je supplie, Lionel, lorsque je devrais punir.
Ne me juge pas, mon ami, comme tu pourrais
faire un autre homme. Je suis un homme sans
caractère, vois-tu? j'étais né pour vivre tranquille.

LIONEL.

Sa douleur me confond malgré moi.

ANDRÉ.

O honte! ô humiliation! elle ne répondra
pas. Comment en suis-je venu là? Sais-tu ce
que je lui demande? Ah! la lâcheté elle-même
en rougirait, Lionel; je lui demande de revenir
à moi.

LIONEL.

Est-ce possible?

ANDRÉ.

Oui, oui, je sais tout cela. J'ai fait un éclat:
eh bien! dis-moi, qu'y ai-je gagné? Je me suis
conduit comme tu l'as voulu: eh bien! je suis
le plus malheureux des hommes. Apprends-le
donc, je l'aime, je l'aime plus que jamais.

LIONEL.

Insensé!

ANDRÉ.

Crois-tu qu'elle y consente? Il faut me pardonner d'être un lâche. Mon père était un pauvre ouvrier. Ce Paolo ne viendra pas. Je ne suis point un gentilhomme; le sang qui coule dans mes veines n'est pas un noble sang.

LIONEL.

Plus noble que tu ne crois.

ANDRÉ.

Mon père était un pauvre ouvrier... Penses-tu que Cordiani en meure? Le peu de talent qu'on remarqua en moi fit croire au pauvre homme que j'étais protégé par une fée. Et moi, je regardais dans mes promenades les bois et les ruisseaux, espérant toujours voir ma divine protectrice sortir d'un antre mystérieux. C'est ainsi que la toute puissante nature m'attirait à elle. Je me fis peintre, et, lambeau par lambeau, le voile des illusions tomba en poussière à mes pieds.

LIONEL.

Pauvre André!

ANDRÉ.

Elle seule! oui, quand elle parut, je crus que mon rêve se réalisait, et que ma Galatée s'animait sous mes mains. Insensé! mon génie mourut dans mon amour; tout fut perdu pour moi... Cordiani se meurt, et Lucrèce voudra le suivre... Oh! massacre et furie! cet homme ne vient point.

LIONEL.

Envoie quelqu'un chez Monna Flora.

ANDRÉ.

C'est vrai. Mathurin, va chez Monna Flora. Écoute.

A part.

Observe tout; tâche de rôder dans la maison; demande la réponse à ma lettre; va, et sois revenu tout-à-l'heure... Mais pourquoi pas nous-mêmes, Lionel? O solitude! solitude! que ferai-je de ces mains-là?

LIONEL.

Calmez-vous, de grâce.

ANDRÉ.

Je la tenais embrassée durant les longues nuits d'été, sur mon balcon gothique. Je voyais tomber en silence les étoiles des mondes détruits. Qu'est-ce que la gloire? m'écriais-je; qu'est-ce que l'ambition? Hélas! l'homme tend à la nature une coupe aussi large et aussi vide

qu'elle. Elle n'y laisse tomber qu'une goutte
de sa rosée ; mais cette goutte est l'amour, c'est
une larme de ses yeux , la seule qu'elle ait ver-
sée sur cette terre pour la consoler d'être sortie
de ses mains. Lionel , Lionel , mon heure est
venue.

LIONEL.

Prends courage.

ANDRÉ.

C'est singulier, je n'ai jamais éprouvé cela.
Il m'a semblé qu'un coup me frappait. Tout
se détache de moi. Il m'a semblé que Lucrèce
partait.

LIONEL.

Que Lucrèce partait !

ANDRÉ.

Oui, je suis sûr que Lucrèce part sans me répondre.

LIONEL.

Comment cela ?

ANDRÉ.

J'en suis sûr ; je viens de la voir.

LIONEL.

De la voir ! Où ? comment ?

ANDRÉ.

J'en suis sûr; elle est partie.

LIONEL.

Cela est étrange!

ANDRÉ.

Tiens, voilà Mathurin.

MATHURIN, entrant.

Mon maître est-il ici?

ANDRÉ.

Oui, me voilà.

MATHURIN.

J'ai tout appris.

ANDRÉ.

Eh bien?

MATHURIN, le tirant à part.

Dois-je vous dire tout, maître?

ANDRÉ.

Oui, oui.

MATHURIN.

J'ai rôdé autour de la maison, comme vous
me l'aviez ordonné.

ANDRÉ.

Eh bien?

MATHURIN.

J'ai fait parler le vieux concierge, et je sais tout au mieux.

ANDRÉ.

Parle donc.

MATHURIN.

Cordiani est guéri; la blessure était peu de chose. Au premier coup de lancette il s'est trouvé soulagé.

ANDRÉ.

Et Lucrèce?

MATHURIN.

Partie avec lui.

ANDRÉ.

Qui, lui?

MATHURIN.

Cordiani.

ANDRÉ.

Tu es fou. Un homme que j'ai vu prêt à rendre l'âme, il y a..... c'est cette nuit même.

MATHURIN.

Il a voulu partir dès qu'il s'est senti la force de marcher. Il disait qu'un soldat en ferait autant à sa place, et qu'il fallait être mort ou vivant.

ANDRÉ.

Cela est incroyable ! Où vont-ils ?

MATHURIN.

Ils ont pris la route du Piémont.

ANDRÉ.

Tous deux à cheval ?

MATHURIN.

Oui, monsieur.

ANDRÉ.

Cela n'est pas possible ; il ne pouvait marcher cette nuit.

MATHURIN.

Cela est vrai, pourtant ; c'est Paolo, le concierge, qui m'a tout avoué.

ANDRÉ.

Lionel ? entends-tu, Lionel ? Ils partent ensemble pour le Piémont.

LIONEL.

Que dis-tu, André ?

ANDRÉ.

Rien ! rien ! Qu'on me selle un cheval ! allons, vite, il faut que je parte à l'instant. Aussi

bien j'y vais moi-même. Par quelle porte sont-
ils sortis?

MATHURIN.

Du côté du fleuve.

ANDRÉ.

Bien, bien! mon manteau! Adieu, Lionel.

LIONEL.

Où vas-tu?

ANDRÉ.

Je ne sais, je ne sais! Ah! des armes! du
sang!

LIONEL.

Où vas-tu? réponds.

ANDRÉ.

Quant au roi de France, je l'ai volé. J'irais
demain les voir que ce serait toujours la même
chose. Ainsi....

Il va sortir et rencontre Damien.

DAMIEN.

Où vas-tu, An dré?

ANDRÉ.

Ah! tu as raison. La terre se dérobe. O Damien! Damien!

Il tombe évnoui.

LIONEL.

Cette nuit l'a tué. Il n'a pu supporter son malheur.

DAMIEN.

Laissez-moi lui mouiller les tempes.

Il trempe son mouchoir dans une fontaine.

Pauvre ami! comme une nuit l'a changé! Le voilà qui rouvre les yeux.

ANDRÉ.

Ils sont partis, Damien?

DAMIEN.

Que lui dirais-je? Il a donc tout appris?

ANDRÉ.

Ne me mens pas. Je ne les poursuivrai point. Mes forces m'ont abandonné. Qu'ai-je voulu faire? J'ai voulu avoir du courage, et je n'en ai point. Maintenant, vous le voyez, je ne puis partir. Laissez-moi parler à cet homme.

MATHURIN s'approche.

Plaît-il, maître?

ANDRÉ.

Aussi bien ne suis-je pas déshonoré? Qu'ai-je à faire en ce monde? O lumière du soleil!

II.   7

O belle nature! Ils s'aiment, ils sont heureux.
Comme ils courent joyeux dans la plaine!
Leurs chevaux s'animent, et le vent qui passe
emporte leurs baisers. La patrie? La patrie?
Ils n'en ont point ceux qui partent ensemble.

DAMIEN.

Sa main est froide comme le marbre.

ANDRÉ, bas à Mathurin.

Écoute-moi, Mathurin, écoute-moi, et rap-
pelle-toi mes paroles. Tu vas prendre un cheval; tu vas aller chez Monna Flora t'informer
au juste de la route. Tu lanceras ton cheval au
galop. Retiens ce que je te dis. Ne me le fais
pas répéter deux fois, je ne le pourrais pas. Tu
les rejoindras dans la plaine; tu les aborderas,
Mathurin, et tu leur diras : Pourquoi fuyez-
vous si vite? La veuve d'André del Sarto peut
épouser Cordiani.

MATHURIN.

Faut-il dire cela, monseigneur?

ANDRÉ.

Va, va, ne me fais pas répéter.

Mathurin sort.

LIONEL.

Qu'as-tu dit à cet homme?

ANDRÉ.

Ne l'arrête pas. Il va chez la mère de ma femme. Maintenant, qu'on m'apporte ma coupe pleine d'un vin généreux.

LIONEL.

A peine peut-il se soulever.

ANDRÉ.

Menez-moi jusqu'à cette porte, mes amis.

Prenant la coupe.

C'était celle des joyeux repas.

DAMIEN.

Que cherches-tu sur ta poitrine ?

ANDRÉ.

Rien ! rien ! je croyais l'avoir perdu.

A la mort des arts en Italie !

Il boit.

LIONEL.

Arrête ; quel est ce flacon dont tu t'es versé quelques gouttes, et qui s'échappe de ta main ?

ANDRÉ.

C'est un cordial puissant. Approche-le de tes lèvres, et tu seras guéri, quel que soit le mal dont tu souffres.

Il meurt.

Scène troisième.

—

Bois et montagnes.

—

LUCRÈCE *et* CORDIANI, *sur une colline, les chevaux dans le fond.*

CORDIANI.

Allons! le soleil baisse; il est temps de remonter.

LUCRÈCE.

Comme mon cheval s'est cabré en quittant la ville! En vérité, tous ces pressentimens funestes sont singuliers.

CORDIANI.

Je ne veux avoir ni le temps de penser, ni le temps de souffrir. Je porte un double appareil sur ma double plaie. Marchons, marchons! n'attendons pas la nuit.

LUCRÈCE.

Quel est ce cavalier qui accourt à toute

bride? depuis long-temps je le vois derrière nous.

CORDIANI.

Montons à cheval, Lucrèce, et ne retournons pas la tête.

LUCRÈCE.

Il approche! il descend à moi.

CORDIANI.

Partons! lève-toi, et ne l'écoute pas.

Ils se dirigent vers leurs chevaux.

MATHURIN, descendant de cheval.

Pourquoi fuyez-vous si vite? la veuve d'André del Sarto peut épouser Cordiani.

FIN D'ANDRÉ DEL SARTO.

FANTASIO.

Personnages.

—

LE ROI DE BAVIÈRE.
LE PRINCE DE MANTOUE.
MARINONI, son aide-de-camp.
RUTTEN, secrétaire du roi.
FANTASIO,
SPARK,
HARTMAN, } jeunes gens de la ville.
FACIO,
OFFICIERS, PAGES, etc.
ELSBETH, fille du roi de Bavière.
LA GOUVERNANTE D'ELSBETH.

(Munich.)

ACTE PREMIER.

Scène première.

A la cour.

LE ROI, *entouré de ses courtisans;* RUTTEN.

LE ROI.

Mes amis, je vous ai annoncé, il y a déjà
long-temps, les fiançailles de ma chère Elsbeth avec le prince de Mantoue. Je vous annonce aujourd'hui l'arrivée de ce prince; ce
soir peut-être, demain au plus tard, il sera

dans ce palais. Que ce soit un jour de fête pour tout le monde; que les prisons s'ouvrent, et que le peuple passe la nuit dans les divertissemens. Rutten, où est ma fille?

Les courtisans se retirent.

RUTTEN.

Sire, elle est dans le parc, avec sa gouvernante.

LE ROI.

Pourquoi ne l'ai-je pas encore vue aujourd'hui? Est-elle triste ou gaie de ce mariage qui s'apprête?

RUTTEN.

Il m'a paru que le visage de la princesse était voilé de quelque mélancolie. Quelle est la jeune fille qui ne rêve pas la veille de ses noces? La mort de Saint-Jean l'a contrariée.

LE ROI.

Y penses-tu? la mort de mon bouffon? d'un plaisant de cour bossu et presque aveugle?

RUTTEN.

La princesse l'aimait.

LE ROI.

Dis-moi, Rutten, tu as vu le prince; quel

homme est-ce? Hélas ! je lui donne ce que j'ai de plus précieux au monde, et je ne le connais point.

RUTTEN.

Je suis demeuré fort peu de temps à Mantoue.

LE ROI.

Parle franchement. Par quels yeux puis-je voir la vérité, si ce n'est par les tiens?

RUTTEN.

En vérité, sire, je ne saurais rien dire sur le caractère et l'esprit du noble prince.

LE ROI.

En est-il ainsi? Tu hésites? toi, courtisan! De combien d'éloges l'air de cette chambre serait déjà rempli, de combien d'hyperboles et de métaphores flatteuses, si le prince qui sera demain mon gendre t'avait paru digne de ce titre! Me serais-je trompé, mon ami? Aurais-je fait en lui un mauvais choix?

RUTTEN.

Sire, le prince passe pour le meilleur des rois.

LE ROI.

La politique est une fine toile d'araignée,

dans laquelle se débattent bien des pauvres
mouches mutilées ; je ne sacrifierai le bonheur
de ma fille à aucun intérêt.

Ils sortent.

Scène deuxième.

—

Une rue.

—

SPARK, HARTMAN *et* **FACIO,** *buvant autour
d'une table.*

HARTMAN.

Puisque c'est aujourd'hui le mariage de la
princesse, buvons, fumons, et tâchons de faire
du tapage.

FACIO.

Il serait bon de nous mêler à tout ce peuple
qui court les rues, et d'éteindre quelques lampions sur de bonnes têtes de bourgeois.

SPARK.

Allons donc! fumons tranquillement.

HARTMAN.

Je ne ferai rien tranquillement ; dussé-je me faire battant de cloche et me pendre dans le bourdon de l'église, il faut que je carillonne un jour de fête. Où diable est donc Fantasio ?

SPARK.

Attendons-le ; ne faisons rien sans lui.

FACIO.

Bah ! il nous retrouvera toujours. Il est à se griser dans quelque trou de la rue Basse. Holà, ohé ! un dernier coup !

Il lève son verre.

UN OFFICIER, entrant.

Messieurs, je viens vous prier de vouloir bien aller plus loin, si vous ne voulez point être dérangés dans votre gaîté.

HARTMAN.

Pourquoi, mon capitaine ?

L'OFFICIER.

La princesse est dans ce moment sur la terrasse que vous voyez, et vous comprenez aisément qu'il n'est pas convenable que vos cris arrivent jusqu'à elle.

Il sort.

FACIO.

Voilà qui est intolérable!

SPARK.

Qu'est-ce que cela nous fait de rire ici ou ailleurs?

HARTMAN.

Qui est-ce qui nous dit qu'ailleurs il nous sera permis de rire? Vous verrez qu'il sortira un drôle en habit vert de tous les pavés de la ville, pour nous prier d'aller rire dans la lune.

Entre Marinoni, couvert d'un manteau.

SPARK.

La princesse n'a jamais fait un acte de despotisme de sa vie. Que Dieu la conserve! Si elle ne veut pas qu'on rie, c'est qu'elle est triste, ou qu'elle chante; laissons-la en repos.

FACIO.

Humph! voilà un manteau rabattu qui flaire quelque nouvelle. Le gobe-mouche a envie de nous aborder.

MARINONI, approchant.

Je suis étranger, messieurs; à quelle occasion cette fête?

SPARK.

La princesse Elsbeth se marie.

MARINONI.

Ah! ah! c'est une belle femme, à ce que je présume?

HARTMAN.

Comme vous êtes un bel homme, vous l'avez dit.

MARINONI.

Aimée de son peuple, si j'ose le dire, car il me paraît que tout est illuminé.

HARTMAN.

Tu ne te trompes pas, brave étranger; tous ces lampions allumés que tu vois, comme tu l'as remarqué sagement, ne sont pas autre chose qu'une illumination.

MARINONI.

Je voulais demander par là si la princesse est la cause de ces signes de joie.

HARTMAN.

L'unique cause, puissant rhéteur. Nous aurions beau nous marier tous, il n'y aurait aucune espèce de joie dans cette ville ingrate.

MARINONI.

Heureuse la princesse qui sait se faire aimer
de son peuple !

HARTMAN.

Des lampions allumés ne font pas le bonheur
d'un peuple, cher homme primitif. Cela n'empêche pas la susdite princesse d'être fantasque
comme une bergeronnette.

MARINONI.

En vérité ? vous avez dit fantasque ?

HARTMAN.

Je l'ai dit, cher inconnu, je me suis servi
de ce mot.

Marinoni salue et se retire.

FACIO.

A qui diantre en veut ce baragouineur d'i-
talien ? Le voilà qui nous quitte pour aborder
un autre groupe. Il sent l'espion d'une lieue.

HARTMAN.

Il ne sent rien du tout ; il est bête à faire
plaisir.

SPARK.

Voilà Fantasio qui arrive.

HARTMAN.

Qu'a-t-il donc? il se dandine comme un conseiller de justice. Ou je me trompe fort, ou quelque lubie mûrit dans sa cervelle.

FACIO.

Eh bien! ami, que ferons-nous de cette belle soirée?

FANTASIO, entrant.

Tout absolument, hors un roman nouveau.

FACIO.

Je disais qu'il faudrait se lancer dans cette canaille, et nous divertir un peu.

FANTASIO.

L'important serait d'avoir des nez de carton et des pétards.

HARTMAN.

Prendre la taille aux filles, tirer les bourgeois par la queue et casser les lanternes. Allons, partons, voilà qui est dit.

FANTASIO.

Il était une fois un roi de Perse....

HARTMAN.

Viens donc, Fantasio.

FANTASIO.

Je n'en suis pas, je n'en suis pas!

HARTMAN.

Pourquoi?

FANTASIO.

Donnez-moi un verre de ça.

Il boit.

HARTMAN.

Tu as le mois de mai sur les joues.

FANTASIO.

C'est vrai; et le mois de janvier dans le cœur. Ma tête est comme une vieille cheminée sans feu : il n'y a que du vent et des cendres. Ouf!

Il s'asseoit.

Que cela m'ennuie que tout le monde s'amuse! Je voudrais que ce grand ciel si lourd fût un immense bonnet de coton, pour envelopper jusqu'aux oreilles cette sotte ville et ses sots habitans. Allons, voyons! dites-moi, de grâce, un calembourg usé, quelque chose de bien rebattu.

HARTMAN.

Pourquoi?

FANTASIO.

Pour que je rie. Je ne ris plus de ce qu'on

invente; peut-être que je rirai de ce que je
connais.

HARTMAN.

Tu me parais un tant soit peu misanthrope
et enclin à la mélancolie.

FANTASIO.

Du tout; c'est que je viens de chez ma maîtresse.

FACIO.

Oui ou non, es-tu des nôtres?

FANTASIO.

Je suis des vôtres, si vous êtes des miens;
restons un peu ici à parler de choses et d'autres, en regardant nos habits neufs.

FACIO.

Non, ma foi. Si tu es las d'être debout, je
suis las d'être assis; il faut que je m'évertue
en plein air.

FANTASIO.

Je ne saurais m'évertuer. Je vais fumer sous
ces marronniers, avec ce brave Spark, qui va
me tenir compagnie. N'est-ce pas, Spark?

SPARK.

Comme tu voudras.

HARTMAN.

En ce cas, adieu. Nous allons voir la fête.

Fantasio s'assied avec Spark. Hartman et Facio sortent.

FANTASIO.

Comme ce soleil couchant est manqué! La nature est pitoyable ce soir. Regarde-moi un peu cette vallée là-bas, ces quatre ou cinq méchans nuages qui grimpent sur cette montagne. Je faisais des paysages comme celui-là quand j'avais douze ans, sur la couverture de mes livres de classe.

SPARK.

Quel bon tabac! quelle bonne bière!

FANTASIO.

Je dois bien t'ennuyer, Spark.

SPARK.

Non; pourquoi cela?

FANTASIO.

Toi, tu m'ennuies horriblement. Cela ne te fait rien de voir tous les jours la même figure? Que diable Hartman et Facio s'en vont-ils faire dans cette fête?

SPARK.

Ce sont deux gaillards actifs, et qui ne sau-
raient rester en place.

FANTASIO.

Quelle admirable chose que les Mille et une
Nuits! O Spark, mon cher Spark, si tu pouvais me transporter en Chine! Si je pouvais
seulement sortir de ma peau pendant une
heure ou deux! Si je pouvais être ce monsieur
qui passe!

SPARK.

Cela me paraît assez difficile.

FANTASIO.

Ce monsieur qui passe est charmant. Regarde; quelle belle culotte de soie! quelles
belles fleurs rouges sur son gilet! Ses breloques
de montre battent sur sa panse, en opposition
avec les basques de son habit qui voltigent sur
ses mollets. Je suis sûr que cet homme-là a
dans la tête un millier d'idées qui me sont absolument étrangères; son essence lui est par-
culière. Hélas! tout ce que les hommes se disent entre eux se ressemble; les idées qu'ils
échangent sont presque toujours les mêmes

dans toutes leurs conversations ; mais dans
l'intérieur de toutes ces machines isolées, quels
replis, quels compartimens secrets ! C'est tout
un monde que chacun porte en lui ! un monde
ignoré qui naît et qui meurt en silence ! Quelles
solitudes que tous ces corps humains !

SPARK.

Bois donc, désœuvré, au lieu de te creuser
la tête.

FANTASIO.

Il n'y a qu'une chose qui m'ait amusé depuis trois jours : c'est que mes créanciers ont
obtenu un arrêt contre moi, et que si je mets
les pieds dans ma maison, il va arriver quatre
estafiers qui me prendront au collet.

SPARK.

Voilà qui est fort gai en effet. Où coucheras-
tu ce soir ?

FANTASIO.

Chez la première venue. Te figures-tu que
mes meubles se vendent demain matin ? Nous
en achèterons quelques-uns, n'est-ce pas ?

SPARK.

Manques-tu d'argent, Henri ? Veux-tu ma
bourse ?

FANTASIO.

Imbécile ! Si je n'avais pas d'argent, je n'aurais pas de dettes. J'ai envie de prendre pour maîtresse une fille d'Opéra.

SPARK.

Cela t'ennuiera à périr.

FANTASIO.

Pas du tout ; mon imagination se remplira de pirouettes et de souliers de satin blanc ; il y aura un gant à moi sur la banquette du balcon depuis le premier janvier jusqu'à la Saint-Sylvestre, et je fredonnerai des solos de clarinette dans mes rêves, en attendant que je meure d'une indigestion de fraises dans les bras de ma bien-aimée. Remarques-tu une chose, Spark ? c'est que nous n'avons point d'état ; nous n'exerçons aucune profession.

SPARK.

C'est là ce qui t'attriste ?

FANTASIO.

Il n'y a point de maître d'armes mélancolique.

SPARK.

Tu me fais l'effet d'être revenu de tout.

FANTASIO.

Ah! pour être revenu de tout, mon ami, il faut être allé dans bien des endroits.

SPARK.

Eh bien donc?

FANTALIO.

Eh bien donc! où veux-tu que j'aille? Regarde cette vieille ville enfumée; il n'y a pas de places, de rues, de ruelles où je n'aie rôdé trente fois; il n'y a pas de pavés où je n'aie traîné ces talons usés, pas de maisons où je ne sache quelle est la fille ou la vieille femme dont la tête stupide se dessine éternellement à la fenêtre; je ne saurais faire un pas sans marcher sur mes pas d'hier : eh bien! mon cher ami, cette ville n'est rien auprès de ma cervelle. Tous les recoins m'en sont cent fois plus connus; toutes les rues, tous les trous de mon imagination sont cent fois plus fatigués; je m'y suis promené en cent fois plus de sens, dans cette cervelle délabrée, moi son seul habitant! je m'y suis grisé dans tous les cabarets; je m'y

suis roulé comme un roi absolu dans un car-
rosse doré; j'y ai trotté en bon bourgeois sur
une mule pacifique, et je n'ose seulement pas
maintenant y entrer comme un voleur, une
lanterne sourde à la main!

SPARK.

Je ne comprends rien à ce travail perpétuel
sur toi-même; moi, quand je fume, par exemple, ma pensée se fait fumée de tabac; quand
je bois, elle se fait vin d'Espagne ou bière de
Flandre; quand je baise la main de ma maîtresse, elle entre par le bout de ses doigts ef-
filés pour se répandre dans tout son être sur
des courans électriques; il me faut le parfum
d'une fleur pour me distraire, et de tout ce
que renferme l'universelle nature, le plus ché-
tif objet suffit pour me changer en abeille, et
me faire voltiger çà et là avec un plaisir toujours nouveau.

FANTASIO.

Tranchons le mot, tu es capable de pêcher
à la ligne.

SPARK.

Si cela m'amuse, je suis capable de tout.

FANTASIO.

Même de prendre la lune avec les dents?

SPARK.

Cela ne m'amuserait pas.

FANTASIO.

Ah! ah! qu'en sais-tu? Prendre la lune avec les dents n'est pas à dédaigner. Allons jouer au trente-et-quarante.

SPARK.

Non, en vérité.

FANTASIO.

Pourquoi?

SPARK.

Parce que nous perdrions notre argent.

FANTASIO.

Ah! mon Dieu! qu'est-ce que tu vas imaginer là! Tu ne sais quoi inventer pour te torturer l'esprit. Tu vois donc tout en noir, misérable! Perdre notre argent! tu n'as donc dans le cœur ni foi en Dieu ni espérance! Tu es donc un athée épouvantable, capable de me dessécher le cœur et de me désabuser de tout, moi qui suis plein de sève et de jeunesse!

Il se met à danser.

SPARK.

En vérité, il y a de certains momens où je ne jurerais pas que tu n'es pas fou.

FANTASIO, dansant toujours.

Qu'on me donne une cloche! une cloche de verre!

SPARK.

A propos de quoi une cloche?

FANTASIO.

Jean-Paul n'a-t-il pas dit qu'un homme absorbé par une grande pensée est comme un plongeur sous sa cloche, au milieu du vaste océan? Je n'ai point de cloche, Spark, point de cloche, et je danse comme Jésus-Christ sur le vaste océan.

SPARK.

Fais-toi journaliste ou homme de lettres, Henri, c'est encore le plus efficace moyen qui nous reste de désopiler la misanthropie et d'amortir l'imagination.

FANTASIO.

Oh! je voudrais me passionner pour un homard à la moutarde, pour une grisette, pour une

classe de minéraux ! Spark ! essayons de bâtir
une maison à nous deux.

SPARK.

Pourquoi n'écris-tu pas tout ce que tu rêves?
cela ferait un joli recueil.

FANTASIO.

Un sonnet vaut mieux qu'un long poème,
et un verre de vin vaut mieux qu'un sonnet.

Il boit.

SPARK.

Pourquoi ne voyages-tu pas? va en Italie.

FANTASIO.

J'y ai été.

SPARK.

Eh bien ! est-ce que tu ne trouves pas ce
pays-là beau?

FANTASIO.

Il y a une quantité de mouches grosses
comme des hannetons qui vous piquent toute
la nuit.

SPARK.

Va en France.

FANTASIO.

Il n'y a pas de bon vin du Rhin à Paris.

SPARK.

Va en Angleterre.

FANTASIO.

J'y suis. Est-ce que les Anglais ont une patrie? J'aime autant les voir ici que chez eux.

SPARK.

Va donc au diable, alors.

FANTASIO.

Oh! s'il y avait un diable dans le ciel! S'il
y avait un enfer, comme je me brûlerais la
cervelle pour aller voir tout ça! Quelle misérable chose que l'homme! ne pas pouvoir seulement sauter par sa fenêtre, sans se casser les
jambes! être obligé de jouer du violon dix ans,
pour devenir un musicien passable! Apprendre pour être peintre, pour être palefrenier!
Apprendre pour faire une omelette! Tiens,
Spark, il me prend des envies de m'asseoir sur
un parapet, de regarder couler la rivière, et
de me mettre à compter un, deux, trois, quatre,
cinq, six, sept, et ainsi de suite jusqu'au jour
de ma mort.

SPARK.

Ce que tu dis là ferait rire bien des gens;

moi, cela me fait frémir : c'est l'histoire du siècle entier. L'éternité est une grande aire, d'où tous les siècles, comme de jeunes aiglons, se sont envolés tour à tour pour traverser le ciel et disparaître ; le nôtre est arrivé à son tour au bord du nid ; mais on lui a coupé les ailes, et il attend la mort en regardant l'espace dans lequel il ne peut s'élancer.

FANTASIO, chantant.

Tu m'appelles ta vie, appelle-moi ton âme,
Car l'âme est immortelle, et la vie est un jour.

Connais-tu une plus divine romance que celle-là, Spark ? C'est une romance portugaise. Elle ne m'est jamais venue à l'esprit sans me donner envie d'aimer quelqu'un.

SPARK.

Qui, par exemple ?

FANTASIO.

Qui ? Je n'en sais rien ; quelque belle fille toute ronde comme les femmes de Miéris ; quelque chose de doux comme le vent d'ouest, de pâle comme les rayons de la lune ; quelque chose de pensif comme ces petites servantes

d'auberge des tableaux flamands, qui donnent
le coup de l'étrier à un voyageur à larges bot-
tes, droit comme un piquet sur un grand cheval blanc. Quelle belle chose que le coup de
l'étrier! une jeune femme sur le pas de sa porte,
le feu allumé qu'on aperçoit au fond de la
chambre, le souper préparé, les enfans endor-
mis; toute la tranquillité de la vie paisible et
contemplative dans un coin du tableau! et là
l'homme encore haletant, mais ferme sur la
selle, ayant fait vingt lieues, en ayant trente
à faire; une gorgée d'eau-de-vie, et adieu! La
nuit est profonde là-bas, le temps menaçant,
la forêt dangereuse; la bonne femme le suit
des yeux une minute, puis elle laisse tomber,
en retournant à son feu, cette sublime aumône
du pauvre : Que Dieu le protége !

SPARK.

Si tu étais amoureux, Henri, tu serais le
plus heureux des hommes.

FANTASIO.

L'amour n'existe plus, mon cher ami. La
religion, sa nourrice, a les mamelles pen-
dantes comme une vieille bourse au fond de

laquelle il y a un gros sou. L'amour est une
hostie qu'il faut briser en deux au pied d'un
autel, et avaler ensemble dans un baiser; il
n'y a plus d'autel, il n'y a plus d'amour. Vive
la nature! il y a encore du vin.

Il boit.

SPARK.

Tu vas te griser.

FANTASIO.

Je vais me griser, tu l'as dit.

SPARK.

Il est un peu tard pour cela.

FANTASIO.

Qu'appelles-tu tard? midi, est-ce tard? minuit, est-ce de bonne heure? Où prends-tu la
journée? Restons là, Spark, je t'en prie. Buvons, causons, analysons, déraisonnons, faisons de la politique; imaginons des combinai-
sons de gouvernement; attrapons tous les hannetons qui passent autour de cette chandelle,
et mettons-les dans nos poches. Sais-tu que
les canons à vapeur sont une belle chose en
matière de philanthropie?

SPARK.

Comment l'entends-tu?

FANTASIO.

Il y avait une fois un roi qui était très-sage, très-sage, très-heureux, très-heureux....

SPARK.

Après?

FANTASIO.

La seule chose qui manquait à son bonheur, c'était d'avoir des enfans. Il fit faire des prières publiques dans toutes les mosquées.

SPARK.

A quoi en veux-tu venir?

FANTASIO.

Je pense à mes chères Mille et une Nuits. C'est comme cela qu'elles commencent toutes. Tiens, Spark, je suis gris. Il faut que je fasse quelque chose. Tra la, tra la! Allons, levons-nous!

Un enterrement passe.

Ohé! braves gens, qui enterrez-vous là? Ce n'est pas maintenant l'heure d'enterrer proprement.

LES PORTEURS.

Nous enterrons Saint-Jean.

FANTASIO.

Saint-Jean est mort? le bouffon du roi est

mort? Qui a pris sa place? le ministre de la justice?

LES PORTEURS.

Sa place est vacante, vous pouvez la prendre si vous voulez.

Ils sortent.

SPARK.

Voilà une insolence que tu t'es bien attirée. A quoi penses-tu, d'arrêter ces gens?

FANTASIO.

Il n'y a rien là d'insolent. C'est un conseil d'ami que m'a donné cet homme, et que je vais suivre à l'instant.

SPARK.

Tu vas te faire bouffon de cour?

FANTASIO.

Cette nuit même, si l'on veut de moi. Puisque je ne puis coucher chez moi, je veux me donner la représentation de cette royale comédie qui se jouera demain, et de la loge du roi lui-même.

SPARK.

Comme tu es fin! On te reconnaîtra, et les laquais te mettront à la porte; n'es-tu pas filleul de la feue reine?

FANTASIO,

Comme tu es bête ! je me mettrai une bosse
et une perruque rousse comme la portait
Saint-Jean, et personne ne me reconnaîtra,
quand j'aurais trois douzaines de parrains à
mes trousses.

Il frappe à une boutique.

Hé! brave homme, ouvrez-moi, si vous
n'êtes pas sorti, vous, votre femme et vos petits chiens!

UN TAILLEUR, *ouvrant la boutique.*

Que demande votre seigneurie?

FANTASIO.

N'êtes-vous pas tailleur de la cour?

LE TAILLEUR.

Pour vous servir.

FANTASIO.

Est-ce vous qui habilliez Saint-Jean?

LE TAILLEUR.

Oui, monsieur.

FANTASIO.

Vous le connaissiez? Vous savez de quel
côté était sa bosse, comment il frisait sa

moustache, et quelle perruque il portait?

LE TAILLEUR.

Hé, hé! monsieur veut rire.

FANTASIO.

Homme, je ne veux point rire; entre dans ton arrière-boutique; et si tu ne veux être empoisonné demain dans ton café au lait, songe à être muet comme la tombe sur tout ce qui va se passer ici.

Il sort avec le tailleur; Spark les suit.

Scène troisième.

Une auberge sur la route de Munich.

Entrent LE PRINCE DE MANTOUE *et* MARINONI.

LE PRINCE.

Eh bien, colonel?

MARINONI.

Altesse?

LE PRINCE.

Eh bien, Marinoni?

MARINONI.

Mélancolique, fantasque, d'une joie folle,
soumise à son père, aimant beaucoup les pois
verts.

LE PRINCE.

Ecris cela; je ne comprends clairement que
les écritures moulées en bâtarde.

MARINONI, écrivant.

Mélanco.....

LE PRINCE.

Écris à voix basse; je rêve à un projet d'importance depuis mon dîner.

MARINONI.

Voilà, Altesse, ce que vous demandez.

LE PRINCE.

C'est bien; je te nomme mon ami intime;
je ne connais pas dans tout mon royaume de
plus belle écriture que la tienne. Assieds-toi à
quelque distance. Vous pensez donc, mon
ami, que le caractère de la princesse, ma future épouse, vous est secrètement connu?

MARINONI.

Oui, Altesse; j'ai parcouru les alentours du palais, et ces tablettes renferment les principaux traits des conversations différentes dans lesquelles je me suis immiscé.

LE PRINCE, se mirant.

Il me semble que je suis poudré comme un homme de la dernière classe.

MARINONI.

L'habit est magnifique.

LE PRINCE.

Que dirais-tu, Marinoni, si tu voyais ton maître revêtir un simple frac olive?

MARINONI.

Son Altesse se rit de ma crédulité.

LE PRINCE.

Non, colonel. Apprends que ton maître est le plus romanesque des hommes.

MARINONI.

Romanesque, Altesse!

LE PRINCE.

Oui, mon ami (je t'ai accordé ce titre);

l'important projet que je médite est inouï dans ma famille ; je prétends arriver à la cour du roi mon beau-père dans l'habillement d'un simple aide-de-camp ; ce n'est pas assez d'avoir envoyé un homme de ma maison recueillir les bruits publics sur la future princesse de Mantoue (et cet homme, Marinoni, c'est toi-même), je veux encore observer par mes yeux.

MARINONI.

Est-il vrai, Altesse ?

LE PRINCE.

Ne reste pas pétrifié. Un homme tel que moi ne doit avoir pour ami intime qu'un esprit vaste et entreprenant.

MARINONI.

Une seule chose me paraît s'opposer au dessein de votre Altesse.

LE PRINCE.

Laquelle ?

MARINONI,

L'idée d'un tel travestissement ne pouvait appartenir qu'au prince glorieux qui nous gouverne. Mais si mon gracieux souverain est

confondu parmi l'état-major, à qui le roi de
Bavière fera-t-il les honneurs d'un festin splendide qui doit avoir lieu dans la galerie?

LE PRINCE.

Tu as raison; si je me déguise, il faut que
quelqu'un prenne ma place. Cela est impossible, Marinoni; je n'avais pas pensé à cela.

MARINONI.

Pourquoi impossible, Altesse?

LE PRINCE.

Je puis bien abaisser la dignité princière
jusqu'au grade de colonel; mais comment
peux-tu croire que je consentirais à élever jusqu'à mon rang un homme quelconque?
Penses-tu d'ailleurs que mon futur beau-père
me le pardonnerait?

MARINONI.

Le roi passe pour un homme de beaucoup
de sens et d'esprit, avec une humeur agréable.

LE PRINCE.

Ah! ce n'est pas sans peine que je renonce à
mon projet. Pénétrer dans cette cour nouvelle
sans faste et sans bruit, observer tout, appro-

cher de la princesse sous un faux nom, et peut-
être m'en faire aimer! — Oh! je m'égare; cela
est impossible. Marinoni, mon ami, essaie mon
habit de cérémonie; je ne saurais y résister.

MARINONI, s'inclinant.

Altesse!

LE PRINCE.

Penses-tu que les siècles futurs oublieront
une pareille circonstance?

MARINONI.

Jamais, gracieux prince.

LE PRINCE.

Viens essayer mon habit.

Ils sortent.

ACTE SECOND.

Scène première.

Le jardin du roi de Bavière.

Entrent ELSBETH *et sa gouvernante.*

LA GOUVERNANTE.

Mes pauvres yeux en ont pleuré, pleuré un torrent du ciel.

ELSBETH.

Tu es si bonne! Moi aussi, j'aimais Saint-

Jean; il avait tant d'esprit! Ce n'était point
un bouffon ordinaire.

LA GOUVERNANTE.

Dire que le pauvre homme est allé là-haut
la veille de vos fiançailles! lui qui ne parlait
que de vous à dîner et à souper, tant que le
jour durait. Un garçon si gai, si amusant,
qu'il faisait aimer la laideur, et que les yeux
le cherchaient toujours en dépit d'eux-
mêmes!

ELSBETH.

Ne me parle pas de mon mariage; c'est encore là un plus grand malheur.

LA GOUVERNANTE.

Ne savez-vous pas que le prince de Mantoue
arrive aujourd'hui? On dit que c'est un Amadis.

ELSBETH.

Que dis-tu là, ma chère! Il est horrible
et idiot, tout le monde le sait déjà ici.

LA GOUVERNANTE.

En vérité? on m'avait dit que c'était un
Amadis.

ELSBETH.

Je ne demandais pas un Amadis, ma chère;
mais cela est cruel quelquefois de n'être qu'une
fille de roi. Mon père est le meilleur des
hommes; le mariage qu'il prépare assure la
paix de son royaume; il recevra en récom-
pense la bénédiction d'un peuple; mais moi,
hélas! j'aurai la sienne, et rien de plus.

LA GOUVERNANTE.

Comme vous parlez tristement!

ELSBETH.

Si je refusais le prince, la guerre serait bientôt recommencée; quel malheur, que ces trai-
tés de paix se signent toujours avec des larmes! Je voudrais être une forte tête, et me ré-
signer à épouser le premier venu, quand cela
est nécessaire en politique. Être la mère d'un
peuple, cela console les grands cœurs, mais
non les têtes faibles. Je ne suis qu'une pauvre
rêveuse; peut-être la faute en est-elle à tes
romans, tu en as toujours dans tes poches.

LA GOUVERNANTE.

Seigneur! n'en dites rien.

ELSBETH.

J'ai peu connu la vie et j'ai beaucoup rêvé.

LA GOUVERNANTE.

Si le prince de Mantoue est tel que vous le dites, Dieu ne laissera pas cette affaire-là s'arranger, j'en suis sûre.

ELSBETH.

Tu crois! Dieu laisse faire les hommes, ma pauvre amie, et il ne fait guère plus de cas de nos plaintes que du bêlement d'un mouton.

LA GOUVERNANTE.

Je suis sûre que si vous refusiez le prince, votre père ne vous forcerait pas.

ELSBETH.

Non, certainement, il ne me forcerait pas; et c'est pour cela que je me sacrifie. Veux-tu que j'aille dire à mon père d'oublier sa parole, et de rayer d'un trait de plume son nom respectable sur un contrat qui fait des milliers d'heureux? Qu'importe qu'il fasse une malheureuse? Je laisse mon bon père être un bon roi.

LA GOUVERNANTE.

Hi! hi!

Elle pleure.

ELSBETH.

Ne pleure pas sur moi, ma bonne; tu me
ferais peut-être pleurer moi-même, et il ne
faut pas qu'une royale fiancée ait les yeux
rouges. Ne t'afflige pas de tout cela. Après
tout, je serai une reine, c'est peut-être amusant; je prendrai peut-être goût à mes parures, que sais-je? à mes carrosses, à ma nouvelle cour; heureusement qu'il y a pour une
princesse autre chose dans un mariage qu'un
mari. Je trouverai peut-être le bonheur au
fond de ma corbeille de noces.

LA GOUVERNANTE.

Vous êtes un vrai agneau pascal.

ELSBETH.

Tiens, ma chère, commençons toujours par
en rire, quitte à en pleurer quand il en sera
temps. On dit que le prince de Mantoue est la
plus ridicule chose du monde.

LA GOUVERNANTE.

Si Saint-Jean était là !

ELSBETH.

Ah ! Saint-Jean, Saint-Jean !

LA GOUVERNANTE.

Vous l'aimiez beaucoup, mon enfant.

ELSBETH.

Cela est singulier ; son esprit m'attachait à
lui avec des fils imperceptibles qui semblaient
venir de, mon cœur ; sa perpétuelle moquerie
de mes idées romanesques me plaisait à l'excès,
tandis que je ne puis supporter qu'avec peine
bien des gens qui abondent dans mon sens ;
je ne sais ce qu'il y avait autour de lui, dans
ses yeux, dans ses gestes, dans la manière
dont il prenait son tabac. C'était un homme
bizarre ; tandis qu'il me parlait, il me passait
devant les yeux des tableaux délicieux ; sa
parole donnait la vie, comme par enchante-
ment, aux choses les plus étranges.

LA GOUVERNANTE.

C'était un vrai Triboulet.

ELSBETH.

Je n'en sais rien ; mais c'était un diamant
d'esprit.

LA GOUVERNANTE.

Voilà des pages qui vont et viennent ; je
crois que le prince ne va pas tarder à se mon-

trer; il faudrait retourner au palais pour vous habiller.

ELSBETH.

Je t'en supplie, laisse-moi un quart d'heure encore; va préparer ce qu'il me faut : hélas! ma chère, je n'ai plus long-temps à rêver.

LA GOUVERNANTE.

Seigneur, est-il possible que ce mariage se fasse, s'il vous déplaît? Un père sacrifier sa fille! le roi serait un véritable Jephté, s'il le faisait.

ELSBETH.

Ne dis pas de mal de mon père; va, ma chère, prépare ce qu'il me faut.

La gouvernante sort.

ELSBETH, seule.

Il me semble qu'il y a quelqu'un derrière ces bosquets. Est-ce le fantôme de mon pauvre bouffon que j'aperçois dans ces bleuets, assis sur la prairie? Répondez-moi; qui êtes-vous? que faites-vous là, à cueillir ces fleurs?

Elle s'avance vers un tertre.

FANTASIO, assis, vêtu en bouffon, avec une bosse et une perruque.

Je suis un brave cueilleur de fleurs, qui souhaite le bonjour à vos beaux yeux.

ELSBETH.

Que signifie cet accoutrement? qui êtes-vous pour venir parodier sous cette large perruque un homme que j'ai aimé? Êtes-vous écolier en bouffonnerie?

FANTASIO.

Plaise à votre altesse sérénissime, je suis le nouveau bouffon du roi; le majordome m'a reçu favorablement; je suis présenté au valet-de-chambre; les marmitons me protégent depuis hier au soir, et je cueille modestement des fleurs en attendant qu'il me vienne de l'esprit.

ELSBETH.

Cela me paraît douteux que vous cueilliez jamais cette fleur-là.

FANTASIO.

Pourquoi? l'esprit peut venir à un homme vieux, tout comme à une jeune fille. Cela est si difficile quelquefois de distinguer un trait spirituel d'une grosse sottise! Beaucoup parler, voilà l'important; le plus mauvais tireur de pistolet peut attraper la mouche, s'il tire sept cent quatre-vingts coups à la minute, tout aussi

bien que le plus habile homme qui n'en tire
qu'un ou deux bien ajustés. Je ne demande
qu'à être nourri convenablement pour la gros-
seur de mon ventre, et je regarderai mon ombre au soleil pour voir si ma perruque pousse.

ELSBETH.

En sorte que vous voilà revêtu des dépouilles
de Saint-Jean? Vous avez raison de parler de
votre ombre; tant que vous aurez ce costume,
elle lui ressemblera toujours, je crois, plus que
vous.

FANTASIO.

Je fais en ce moment une élégie qui déci-
dera de mon sort.

ELSBETH.

En quelle façon?

FANTASIO.

Elle prouvera clairement que je suis le
premier homme du monde, ou bien elle ne
vaudra rien du tout. Je suis en train de bou-
leverser l'univers pour le mettre en acrosti-
che; la lune, le soleil et les étoiles se battent
pour entrer dans mes rimes, comme des écoliers à la porte d'un théâtre de mélodrames.

ELSBETH.

Pauvre homme! quel métier tu entreprends! faire de l'esprit à tant par heure! N'as-tu ni bras ni jambes, et ne ferais-tu pas mieux de labourer la terre que ta propre cervelle?

FANTASIO.

Pauvre petite, quel métier vous entre prenez! épouser un sot que vous n'avez jamais vu! — N'avez-vous ni cœur ni tête, et ne feriez-vous pas mieux de vendre vos robes que votre corps?

ELSBETH.

Voilà qui est hardi, monsieur le nouveau-venu!

FANTASIO.

Comment appelez-vous cette fleur-là, s'il vous plaît?

ELSBETH.

Une tulipe. Que veux-tu prouver?

FANTASIO.

Une tulipe rouge, ou une tulipe bleue?

ELSBETH.

Bleue, à ce qu'il me semble.

FANTASIO.

Point du tout, c'est une tulipe rouge.

ELSBETH.

Veux-tu mettre un habit neuf à une vieille sentence? tu n'en as pas besoin pour dire que des goûts et des couleurs il n'en faut pas disputer.

FANTASIO.

Je ne dispute pas; je vous dis que cette tulipe est une tulipe rouge, et cependant je conviens qu'elle est bleue.

ELSBETH.

Comment arranges-tu cela?

FANTASIO.

Comme votre contrat de mariage. Qui peut savoir sous le soleil s'il est né bleu ou rouge? les tulipes elles-mêmes n'en savent rien. Les jardiniers et les notaires font des greffes si extraordinaires, que les pommes deviennent des citrouilles, et que les chardons sortent de la mâchoire de l'âne pour s'inonder de sauce dans le plat d'argent d'un évêque. Cette tulipe que voilà s'attendait bien à être rouge; mais on l'a mariée, elle est toute étonnée d'être

bleue : c'est ainsi que le monde entier se mé-
tamorphose sous les mains de l'homme; et la
pauvre dame nature doit se rire parfois au
nez de bon cœur, quand elle mire dans ses
lacs et dans ses mers son éternelle mascarade.
Croyez-vous que ça sentît la rose dans le paradis de Moïse? ça ne sentait que le foin vert.
La rose est fille de la civilisation ; c'est une
marquise comme vous et moi.

ELSBETH.

La pâle fleur de l'aubépine peut devenir
une rose, et un chardon peut devenir un arti-
chaut; mais une fleur ne peut en devenir une
autre : ainsi qu'importe à la nature? on ne la
change pas, on l'embellit ou on la tue. La plus
chétive violette mourrait plutôt que de céder,
si l'on voulait, par des moyens artificiels, al-
térer sa forme d'une étamine.

FANTASIO.

C'est pourquoi je fais plus de cas d'une violette que d'une fille de roi.

ELSBETH.

Il y a de certaines choses que les bouffons
eux-mêmes n'ont pas le droit de railler; fais-y

attention. Si tu as écouté ma conversation avec ma gouvernante, prends garde à tes oreilles.

FANTASIO.

Non pas à mes oreilles, mais à ma langue. Vous vous trompez de sens; il y a une erreur de sens dans vos paroles.

ELSBETH.

Ne me fais pas de calembourg, si tu veux gagner ton argent, et ne me compare pas à tes tulipes, si tu ne veux gagner autre chose.

FANTASIO.

Qui sait? Un calembourg console de bien des chagrins; et jouer avec les mots est un moyen comme un autre de jouer avec les pensées, les actions et les êtres. Tout est calembourg ici-bas, et il est aussi difficile de comprendre le regard d'un enfant de quatre ans, que le galimathias de trois drames modernes.

ELSBETH.

Tu me fais l'effet de regarder le monde à travers un prisme tant soit peu changeant.

FANTASIO.

Chacun a ses lunettes; mais personne ne sait

au juste de quelle couleur en sont les verres. Qui est-ce qui pourra me dire au juste si je suis heureux ou malheureux, bon ou mauvais, triste ou gai, bête ou spirituel?

ELSBETH.

Tu es laid, du moins; cela est certain.

FANTASIO.

Pas plus certain que votre beauté. Voilà votre père qui vient avec votre futur mari. Qui est-ce qui peut savoir si vous l'épouserez?

Il sort.

ELSBETH.

Puisque je ne puis éviter la rencontre du prince de Mantoue, je ferai aussi bien d'aller au-devant de lui.

Entrent le roi, Marinoni sous le costume de prince, et le prince vêtu en aide-de-camp.

LE ROI.

'Prince, voici ma fille. Pardonnez-lui cette toilette de jardinière; vous êtes ici chez un bourgeois qui en gouverne d'autres, et notre étiquette est aussi indulgente pour nous-mêmes que pour eux.

MARINONI.

Permettez-moi de baiser cette main char-

mante, madame, si ce n'est pas une trop grande
faveur pour mes lèvres.

LA PRINCESSE.

Votre altesse m'excusera si je rentre au palais. Je la verrai, je pense, d'une manière plus
convenable à la présentation de ce soir.

Elle sort.

LE PRINCE.

La princesse a raison ; voilà une divine pudeur.

LE ROI, à Marinoni.

Quel est donc cet aide-de-camp qui vous
suit comme votre ombre ? Il m'est insupportable de l'entendre ajouter une remarque
inepte à tout ce que nous disons. Renvoyez-le,
je vous en prie.

Marinoni parle bas au prince.

LE PRINCE, de même.

C'est fort adroit de ta part de lui avoir persuadé de m'éloigner ; je vais tâcher de joindre
la princesse, et de lui toucher quelques mots
délicats, sans faire semblant de rien.

Il sort.

LE ROI.

Cet aide-de-camp est un imbécile, mon ami ;
que pouvez-vous faire de cet homme-là ?

MARINONI.

Hum! hum! Poussons quelques pas plus avant, si votre majesté le permet; je crois apercevoir un kiosque tout-à-fait charmant dans ce bocage.

Ils sortent.

———◦◦◦———

Scène deuxième.

———

Une autre partie du jardin.

———

Entre LE PRINCE.

Mon déguisement me réussit à merveille; j'observe, et je me fais aimer. Jusqu'ici tout va au gré de mes souhaits; le père me paraît un grand roi, quoique trop sans façon, et je m'étonnerais si je ne lui avais plu tout d'abord. J'aperçois la princesse qui rentre au palais; le hasard me favorise singulièrement.

Elsbeth entre ; le prince l'aborde.

Altesse, permettez à un fidèle serviteur de votre futur époux de vous offrir les félicitations sincères que son cœur humble et dévoué ne peut contenir en vous voyant. Heureux les grands de la terre ! ils peuvent vous épouser. Moi je ne le puis pas ; cela m'est tout-à-fait impossible ; je suis d'une naissance obscure ; je n'ai pour tout bien qu'un nom redoutable à l'ennemi ; un cœur pur et sans tache bat sous ce modeste uniforme ; je suis un pauvre soldat criblé de balles des pieds à la tête ; je n'ai pas un ducat ; je suis solitaire et exilé de ma terre natale comme de ma patrie céleste, c'est-à-dire du paradis de mes rêves ; je n'ai pas un cœur de femme à presser sur mon cœur ; je suis maudit et silencieux.

ELSBETH.

Que me voulez-vous, mon cher monsieur ? Êtes-vous fou, ou demandez-vous l'aumône ?

LE PRINCE.

Qu'il serait difficile de trouver des paroles pour exprimer ce que j'éprouve ! Je vous ai vue passer toute seule dans cette allée ; j'ai cru

qu'il était de mon devoir de me jeter à vos
pieds, et de vous offrir ma compagnie jusqu'à
la poterne.

ELSBETH.

Je vous suis obligée; rendez-moi le service
de me laisser tranquille.

Elle sort.

LE PRINCE, seul.

Aurais-je eu tort de l'aborder? Il le fallait
cependant, puisque j'ai le projet de la séduire
sous mon habit supposé. Oui, j'ai bien fait de
l'aborder. Cependant elle m'a répondu d'une
manière désagréable. Je n'aurais peut-être pas
dû lui parler si vivement. Il le fallait pourtant
bien, puisque son mariage est presque assuré,
et que je suis censé devoir supplanter Marinoni, qui me remplace. J'ai eu raison de lui
parler vivement. Mais la réponse est désagréable. Aurait-elle un cœur dur et faux? Il serait
bon de sonder adroitement la chose.

Il sort.

Scène troisième.

—

Une antichambre.

—

FANTASIO, *couché sur un tapis.*

Quel métier délicieux que celui de bouffon ! J'étais gris, je crois, hier soir, lorsque j'ai pris ce costume et que je me suis présenté au palais ; mais, en vérité, jamais la saine raison ne m'a rien inspiré qui valût cet acte de folie. J'arrive, et me voilà reçu, choyé, enregistré, et, ce qu'il y a de mieux encore, oublié. Je vais et viens dans ce palais comme si je l'avais habité toute ma vie. Tout-à-l'heure j'ai rencontré le roi ; il n'a pas même eu la curiosité de me regarder ; son bouffon étant mort, on lui a dit : « Sire, en voilà un autre. » C'est admirable ! Dieu merci, voilà ma cervelle à l'aise ; je puis faire toutes les balivernes possibles sans qu'on me dise rien pour m'en empêcher ; je suis un des animaux domestiques du roi de Bavière, et

si je veux, tant que je garderai ma bosse et ma
perruque, on me laissera vivre jusqu'à ma
mort entre un épagneul et une pintade. En
attendant, mes créanciers peuvent se casser le
nez contre ma porte tout à leur aise. Je suis
aussi bien en sûreté ici, sous cette perruque,
que dans les Indes-Occidentales.

N'est-ce pas la princesse que j'aperçois dans
la chambre voisine, à travers cette glace? Elle
rajuste son voile de noces; deux longues larmes
coulent sur ses joues; en voilà une qui se détache comme une perle, et qui tombe sur sa
poitrine. Pauvre petite! j'ai entendu ce matin
sa conversation avec sa gouvernante; en vérité,
c'était par hasard; j'étais assis sur le gazon,
sans autre dessein que celui de dormir. Maintenant, la voilà qui pleure, et qui ne se doute
guère que je la vois encore. Ah! si j'étais un
écolier de rhétorique, comme je réfléchirais
profondément sur cette misère couronnée, sur
cette pauvre brebis à qui on met un ruban rose
au cou pour la mener à la boucherie! Cette
petite fille est sans doute romanesque, il lui
est cruel d'épouser un homme qu'elle ne connaît pas. Cependant elle se sacrifie en silence;

que le hasard est capricieux ! il faut que je me grise, que je rencontre l'enterrement de Saint-Jean, que je prenne son costume et sa place, que je fasse enfin la plus grande folie de la terre, pour venir voir tomber, à travers cette glace, les deux seules larmes que cette enfant versera peut-être sur son triste voile de fiancée !

Il sort.

Scène quatrième.

Une allée du jardin.

LE PRINCE, MARINONI.

LE PRINCE.

Tu n'es qu'un sot, colonel.

MARINONI.

Votre altesse se trompe sur mon compte de la manière la plus pénible.

LE PRINCE.

Tu es un maître butor. Ne pouvais-tu pas empêcher cela? Je te confie le plus grand projet qui se soit enfanté depuis une suite d'années incalculable, et toi, mon meilleur ami, mon plus fidèle serviteur, tu entasses bêtises sur bêtises. Non, non, tu as beau dire; cela n'est point pardonnable.

MARINONI.

Comment pouvais-je empêcher votre altesse de s'attirer les désagrémens qui sont la suite nécessaire du rôle supposé qu'elle joue? Vous m'ordonnez de prendre votre nom, et de me comporter en véritable prince de Mantoue. Puis-je empêcher le roi de Bavière de faire un affront à mon aide-de-camp? vous aviez tort de vous mêler de nos affaires.

LE PRINCE.

Je voudrais bien qu'un maraud comme toi se mêlât de me donner des ordres !

MARINONI.

Considérez, altesse, qu'il faut cependant que je sois le prince ou que je sois l'aide-de-camp. C'est par votre ordre que j'agis.

LE PRINCE.

Me dire que je suis un impertinent en présence de toute la cour, parce que j'ai voulu baiser la main de la princesse! Je suis prêt à lui déclarer la guerre, et à retourner dans mes états pour me mettre à la tête de mes armées.

MARINONI.

Songez-donc, altesse, que ce mauvais compliment s'adressait à l'aide-de-camp et non au prince. Prétendez-vous qu'on vous respecte sous ce déguisement?

LE PRINCE.

Il suffit. Rends-moi mon habit.

MARINONI, ôtant l'habit.

Si mon souverain l'exige, je suis prêt à mourir pour lui.

LE PRINCE.

En vérité, je ne sais que résoudre. D'un côté, je suis furieux de ce qui m'arrive; et d'un autre, je suis désolé de renoncer à mon projet. La princesse ne paraît pas répondre indifféremment aux mots à double entente dont je ne cesse de la poursuivre. Déjà je suis parvenu deux ou trois fois à lui dire à l'oreille des choses incroyables. Viens, réfléchissons à tout cela.

MARINONI, tenant l'habit.

Que ferai-je, altesse?

LE PRINCE.

Remets-le, remets-le, et rentrons au palais.

Ils sortent.

Scène cinquième.

—

LA PRINCESSE ELSBETH, LE ROI.

LE ROI.

Ma fille, il faut répondre franchement à ce que je vous demande : ce mariage vous déplaît-il?

ELSBETH.

C'est à vous, Sire, de répondre vous-même. Il me plaît, s'il vous plaît; il me déplaît, s'il vous déplaît.

LE ROI.

Le prince m'a paru être un homme ordinaire, dont il est difficile de rien dire. La sottise de son aide-de-camp lui fait seule tort dans
mon esprit; quant à lui, c'est peut-être un bon
prince, mais ce n'est pas un homme élevé. Il
n'y a rien en lui qui me repousse ou qui m'at-
tire. Que puis-je te dire là-dessus? Le cœur des
femmes a des secrets que je ne puis connaître;
elles se font des héros parfois si étranges, elles
saisissent si singulièrement un ou deux côtés
d'un homme qu'on leur présente, qu'il est impossible de juger pour elles, tant qu'on n'est
pas guidé par quelque point tout-à-fait sensi-
ble. Dis-moi donc clairement ce que tu penses
de ton fiancé.

ELSBETH.

Je pense qu'il est prince de Mantoue, et que
la guerre recommencera demain entre lui et
vous, si je ne l'épouse pas.

LE ROI.

Cela est certain, mon enfant.

ELSBETH.

Je pense donc que je l'épouserai, et que la
guerre sera finie.

LE ROI.

Que les bénédictions de mon peuple te rendent grâces pour ton père ! O ma fille chérie ! je serai heureux de cette alliance ; mais je ne voudrais pas voir dans ces beaux yeux bleus cette tristesse qui dément leur résignation. Réfléchis encore quelques jours.

Il sort.

Entre Fantasio.

ELSBETH.

Te voilà, pauvre garçon ? comment te plais-tu ici ?

FANTASIO.

Comme un oiseau en liberté.

ELSBETH.

Tu aurais mieux répondu, si tu avais dit comme un oiseau en cage. Ce palais en est une assez belle, cependant c'en est une.

FANTASIO.

La dimension d'un palais ou d'une chambre ne fait pas l'homme plus ou moins libre. Le corps se remue où il peut ; l'imagination ouvre quelquefois des ailes grandes comme le ciel dans un cachot grand comme la main.

ELSBETH.

Ainsi donc, tu es un heureux fou?

FANTASIO.

Très-heureux. Je fais la conversation avec les
petits chiens et les marmitons. Il y a un roquet
pas plus haut que cela dans la cuisine, qui m'a
dit des choses charmantes.

ELSBETH.

En quel langage?

FANTASIO.

Dans le style le plus pur. Il ne ferait pas une
seule faute de grammaire dans l'espace d'une
année.

ELSBETH.

Pourrai-je entendre quelques mots de ce
style?

FANTASIO.

En vérité, je ne le voudrais pas; c'est une
langue qui est particulière. Il n'y a pas que
les roquets qui la parlent, les arbres et les
grains de blé eux-mêmes la savent aussi; mais
les filles de roi ne la savent pas. A quand votre
noce?

ELSBETH.

Dans quelques jours tout sera fini.

FANTASIO.

C'est-à-dire, tout sera commencé. Je compte vous offrir un présent de ma main.

ELSBETH.

Quel présent? Je suis curieuse de cela.

FANTASIO.

Je compte vous offrir un joli petit serin empaillé, qui chante comme un rossignol.

ELSBETH.

Comment peut-il chanter, s'il est empaillé?

FANTASIO.

Il chante parfaitement.

ELSBETH.

En vérité, tu te moques de moi avec un rare acharnement.

FANTASIO.

Point du tout. Mon serin a une petite serinette dans le ventre. On pousse tout doucement un petit ressort sous la patte gauche, et il chante tous les opéras nouveaux, exactement comme mademoiselle Grisi.

ELSBETH.

C'est une invention de ton esprit, sans
doute?

FANTASIO.

En aucune façon. C'est un serin de cour ; il
y a beaucoup de petites filles très-bien élevées
qui n'ont pas d'autres procédés que celui-là.
Elles ont un petit ressort sous le bras gauche,
un joli petit ressort en diamant fin, comme
la montre d'un petit-maître. Le gouverneur
ou la gouvernante fait jouer le ressort, et
vous voyez aussitôt les lèvres s'ouvrir avec le
sourire le plus gracieux ; une charmante cas-
catelle de paroles mielleuses sort avec le plus
doux murmure, et toutes les convenances so-
ciales, pareilles à des nymphes légères, se
mettent aussitôt à dansoter sur la pointe du
pied autour de la fontaine merveilleuse. Le
prétendu ouvre des yeux ébahis : l'assistance
chuchote avec indulgence, et le père, rempli
d'un secret contentement, regarde avec orgueil les boucles d'or de ses souliers.

ELSBETH.

Tu parais revenir volontiers sur de certains
sujets. Dis-moi, bouffon, que t'ont donc fait

ces pauvres jeunes filles, pour que tu en fasses
si gaîment la satire? Le respect d'aucun devoir ne peut-il trouver grâce devant toi?

FANTASIO.

Je respecte fort la laideur; c'est pourquoi je
me respecte moi-même si profondément.

ELSBETH,

Tu parais quelquefois en savoir plus que
tu n'en dis. D'où viens-tu donc, et qui es-tu,
pour que depuis un jour que tu es ici, tu sa-
ches déjà pénétrer des mystères que les princes
eux-mêmes ne soupçonneront jamais? Est-ce
à moi que s'adressent tes folies, ou est-ce au
hasard que tu parles?

FANTASIO.

C'est au hasard; je parle beaucoup au hasard : c'est mon plus cher confident.

ELSBETH.

Il semble en effet t'avoir appris ce que tu
ne devrais pas connaître. Je croirais volontiers
que tu épies mes actions et mes paroles.

FANTASIO.

Dieu le sait. Que vous importe?

ELSBETH.

Plus que tu ne peux penser. Tantôt dans cette chambre, pendant que je mettais mon voile, j'ai entendu marcher tout-à-coup derrière la tapisserie. Je me trompe fort si ce n'était toi qui marchais.

FANTASIO.

Soyez sûre que cela reste entre votre mouchoir et moi. Je ne suis pas plus indiscret que je ne suis curieux. Quel plaisir pourraient me faire vos chagrins ? quel chagrin pourraient me faire vos plaisirs ? Vous êtes ceci, et moi cela. Vous êtes jeune, et moi je suis vieux ; belle, et je suis laid ; riche, et je suis pauvre. Vous voyez bien qu'il n'y a aucun rapport entre nous. Que vous importe que le hasard ait croisé sur sa grande route deux roues qui ne suivent pas la même ornière, et qui ne peuvent marquer sur la même poussière ? Est-ce ma faute s'il m'est tombé, tandis que je dormais, une de vos larmes sur la joue ?

ELSBETH.

Tu me parles sous la forme d'un homme que j'ai aimé, voilà pourquoi je t'écoute mal-

gré moi. Mes yeux croient voir Saint-Jean;
mais peut-être n'es-tu qu'un espion.

FANTASIO.

A quoi cela me servirait-il? Quand il serait
vrai que votre mariage vous coûterait quelques
larmes, et quand je l'aurais appris par hasard,
qu'est-ce que je gagnerais à l'aller raconter?
On ne me donnerait pas une pistole pour cela,
et on ne vous mettrait pas au cabinet noir.
Je comprends très-bien qu'il doit être assez
ennuyeux d'épouser le prince de Mantoue.
Mais après tout, ce n'est pas moi qui en suis
chargé. Demain ou après-demain vous serez
partie pour Mantoue avec votre robe de noce,
et moi je serai encore sur ce tabouret avec
mes vieilles chausses. Pourquoi voulez-vous
que je vous en veuille? je n'ai pas de raison
pour désirer votre mort; vous ne m'avez jamais
prêté d'argent.

ELSBETH.

Mais si le hasard t'a fait voir ce que je veux
qu'on ignore, ne dois-je pas te mettre à la
porte, de peur de nouvel accident?

FANTASIO.

Avez-vous le dessein de me comparer à un

confident de tragédie, et craignez-vous que je
ne suive votre ombre en déclamant? Ne me
chassez pas, je vous en prie. Je m'amuse beaucoup ici. Tenez, voilà votre gouvernante qui
arrive avec des mystères plein ses poches. La
preuve que je ne l'écouterai pas, c'est que je
m'en vais à l'office manger une aile de pluvier
que le majordome a mise de côté pour sa femme.

Il sort.

LA GOUVERNANTE, entrant.

Savez-vous une chose terrible, ma chère
Elsbeth?

ELSBETH.

Que veux-tu dire? tu es toute tremblante.

LA GOUVERNANTE.

Le prince n'est pas le prince, ni l'aide-de-
camp non plus. C'est un vrai conte de fées.

ELSBETH.

Quel imbroglio me fais-tu là?

LA GOUVERNANTE.

Chut! chut! C'est un des officiers du prince
lui-même qui vient de me le dire. Le prince
de Mantoue est un véritable Almaviva; il est
déguisé, et caché parmi les aides-de-camp; il
a voulu sans doute chercher à vous voir et à

vous connaître d'une manière féerique. Il est déguisé, le digne seigneur, il est déguisé comme Lindor; celui qu'on vous a présenté comme votre futur époux n'est qu'un aide-de-camp nommé Marinoni.

ELSBETH.

Cela n'est pas possible!

LA GOUVERNANTE.

Cela est certain, certain mille fois. Le digne homme est déguisé; il est impossible de le reconnaître; c'est une chose extraordinaire.

ELSBETH.

Tu tiens cela, dis-tu, d'un officier?

LA GOUVERNANTE.

D'un officier du prince. Vous pouvez le lui demander à lui-même.

ELSBETH.

Et il ne t'a pas montré parmi les aides-de-camp le véritable prince de Mantoue?

LA GOUVERNANTE.

Figurez-vous qu'il en tremblait lui-même, le pauvre homme, de ce qu'il me disait. Il ne m'a confié son secret que parce qu'il désire vous être agréable, et qu'il savait que je vous

préviendrais. Quant à Marinoni, cela est positif; mais, pour ce qui est du prince véritable,
il ne me l'a pas montré.

ELSBETH.

Cela me donnerait quelque chose à penser,
si c'était vrai. Viens, amène-moi cet officier.

Entre un page.

LA GOUVERNANTE.

Qu'y a-t-il, Flamel? tu parais hors d'haleine.

LE PAGE.

Ah! madame, c'est une chose à en mourir
de rire. Je n'ose parler devant votre altesse.

ELSBETH.

Parle : qu'y a-t-il encore de nouveau?

LE PAGE.

Au moment où le prince de Mantoue en-
trait à cheval dans la cour, à la tête de son
état-major, sa perruque s'est enlevée dans les
airs et a disparu tout-à-coup.

ELSBETH.

Pourquoi cela? Quelle niaiserie!

LE PAGE.

Madame, je veux mourir si ce n'est pas la

vérité. La perruque s'est enlevée en l'air au
bout d'un hameçon. Nous l'avons retrouvée
dans l'office, à côté d'une bouteille cassée; on
ignore qui a fait cette plaisanterie. Mais le duc
n'en est pas moins furieux, et il a juré que si
l'auteur n'en est pas puni de mort, il déclarera
la guerre au roi votre père, et mettra tout à
feu et à sang.

ELSBETH.

Viens écouter toute cette histoire, ma chère.
Mon sérieux commence à m'abandonner.

Entre un autre page.

ELSBETH.

Eh bien, quelle nouvelle?

LE PAGE.

Madame! le bouffon du roi est en prison :
c'est lui qui a enlevé la perruque du prince.

ELSBETH.

Le bouffon est en prison? et sur l'ordre du
prince?

LE PAGE.

Oui, altesse.

ELSBETH.

Viens, chère mère, il faut que je te parle.

Elle sort avec sa gouvernante.

Scène sixième.

LE PRINCE, MARINONI.

LE PRINCE.

Non, non, laisse-moi me démasquer. Il est
temps que j'éclate. Cela ne se passera pas ainsi.
Feu et sang ! une perruque royale au bout
d'un hameçon ! Sommes-nous chez les bar-
bares, dans les déserts de la Sibérie ? Y a-t-il
encore sous le soleil quelque chose de civilisé
et de convenable ? J'écume de colère, et les
yeux me sortent de la tête.

MARINONI.

Vous perdez tout par cette violence.

LE PRINCE.

Et ce père, ce roi de Bavière, ce monarque
vanté dans tous les almanachs de l'année
passée ! cet homme qui a un extérieur si dé-
cent, qui s'exprime en termes si mesurés, et
qui se met à rire en voyant la perruque de
son gendre voler dans les airs ! car enfin, Marinoni, je conviens que c'est ta perruque qui a

été enlevée. Mais n'est-ce pas toujours celle du
prince de Mantoue, puisque c'est lui que l'on
croit voir en toi? Quand je pense que si c'eût
été moi, en chair et en os, ma perruque aurait peut-être... Ah! il y a une providence;
lorsque Dieu m'a envoyé tout d'un coup l'idée
de me travestir; lorsque cet éclair a traversé
ma pensée : « Il faut que je me travestisse, »
ce fatal événement était prévu par le destin.
C'est lui qui a sauvé de l'affront le plus intolérable la tête qui gouverne mes peuples. Mais,
par le ciel, tout sera connu. C'est trop long-
temps trahir ma dignité. Puisque les majestés
divines et humaines sont impitoyablement
violées et lacérées, puisqu'il n'y a plus chez
les hommes de notions du bien et du mal,
puisque le roi de plusieurs milliers d'hommes
éclate de rire comme un palefrenier à la vue
d'une perruque, Marinoni, rends-moi mon
habit.

MARINONI, ôtant l'habit.

Si mon souverain le commande, je suis
prêt à souffrir pour lui mille tortures.

LE PRINCE.

Je connais ton dévoûment. Viens, je vais

dire au roi son fait en propres termes.

MARINONI.

Vous refusez la main de la princesse? Elle vous a cependant lorgné d'une manière évidente pendant tout le dîner.

LE PRINCE.

Tu crois? Je me perds dans un abîme de perplexités. Viens toujours, allons chez le roi.

MARINONI, tenant l'habit.

Que faut-il faire, altesse?

LE PRINCE.

Remets-le pour un instant. Tu me le rendras tout-à-l'heure; ils seront bien plus pétrifiés, en m'entendant prendre le ton qui me convient, sous ce frac de couleur foncée.

Ils sortent.

Scène septième.

—

———

FANTASIO, *seul.*

Je ne sais pas s'il y a une Providence, mais c'est amusant d'y croire. Voilà pourtant une pauvre petite princesse qui allait épouser à son corps défendant un animal immonde, un cuistre de province, à qui le hasard a laissé tomber une couronne sur la tête, comme l'aigle d'Eschyle sa tortue. Tout était préparé; les chandelles allumées, le prétendu poudré, la pauvre petite confessée. Elle avait essuyé les deux charmantes larmes que j'ai vues couler ce matin. Rien ne manquait que deux ou trois capucinades pour que le malheur de sa vie fût en règle. Il y avait dans tout cela la fortune de deux royaumes, la tranquillité de deux peuples; et il faut que j'imagine de me déguiser en bossu, pour venir me griser

derechef dans l'office de notre bon roi, et
pour pêcher au bout d'une ficelle la perruque
de son cher allié! En vérité, lorsque je suis
gris, je crois que j'ai quelque chose de surhu-
main. Voilà le mariage manqué, et tout remis
en question. Le prince de Mantoue a demandé
ma tête, en échange de sa perruque. Le roi
de Bavière a trouvé la peine un peu forte, et
n'a consenti qu'à la prison. Le prince de Mantoue, grâce à Dieu, est si bête, qu'il se ferait
plutôt couper en morceaux que d'en démordre;
ainsi la princesse reste fille, du moins pour
cette fois. S'il n'y a pas là le sujet d'un poème
épique en douze chants, je ne m'y connais
pas. Pope et Boileau ont fait des vers admira-
bles sur des sujets bien moins importans. Ah!
si j'étais poète, comme je peindrais la scène
de cette perruque voltigeant dans les airs!
Mais celui qui est capable de faire de pareilles
choses dédaigne de les écrire. Ainsi la pos-
térité s'en passera.

Il s'endort.

Entrent Elsbeth et sa gouvernante, une lampe à la main.

ELSBETH.

Il dort, ferme la porte doucement.

LA GOUVERNANTE.

Voyez; cela n'est pas douteux. Il a ôté sa perruque postiche; sa difformité a disparu en même temps; le voilà tel qu'il est, tel que ses peuples le voient, sur son char de triomphe; c'est le noble prince de Mantoue.

ELSBETH.

Oui, c'est lui; voilà ma curiosité satisfaite; je voulais voir son visage, et rien de plus; laisse-moi me pencher sur lui.

Elle prend la lampe,

Psyché, prends garde à ta goutte d'huile.

LA GOUVERNANTE.

Il est beau comme un vrai Jésus.

ELSBETH.

Pourquoi m'as-tu donné à lire tant de romans et de contes de fées? Pourquoi as-tu semé dans ma pauvre pensée tant de fleurs étranges et mystérieuses?

LA GOUVERNANTE.

Comme vous voilà émue, sur la pointe de vos petits pieds!

ELSBETH.

Il s'éveille; allons-nous-en.

FANTASIO, s'éveillant,

Est-ce un rêve? Je tiens le coin d'une robe blanche.

ELSBETH.

Lâchez-moi; laissez-moi partir.

FANTASIO.

C'est vous, princesse! Si c'est la grâce du bouffon du roi que vous m'apportez si divinement, laissez-moi remettre ma bosse et ma perruque; ce sera fait dans un instant.

LA GOUVERNANTE.

Ah! prince, qu'il vous sied mal de nous tromper ainsi! Ne reprenez pas ce costume; nous savons tout.

FANTASIO.

Prince! où en voyez-vous un?

LA GOUVERNANTE.

A quoi sert-il de dissimuler?

FANTASIO.

Je ne dissimule pas le moins du monde; par quel hasard m'appelez-vous prince?

LA GOUVERNANTE.

Je connais mes devoirs envers votre Altesse.

FANTASIO.

Madame, je vous supplie de m'expliquer
les paroles de cette honnête dame. Y a-t-il réellement quelque méprise extravagante, ou suis-
je l'objet d'une raillerie?

ELSBETH.

Pourquoi le demander, lorsque c'est vous-
même qui raillez?

FANTASIO.

Suis-je donc un prince par hasard? Conce-
vrait-on quelque soupçon sur l'honneur de
ma mère?

ELSBETH.

Qui êtes-vous, si vous n'êtes pas le prince de
Mantoue?

FANTASIO.

Mon nom est Fantasio; je suis un bourgeois
de Munich.

Il lui montre une lettre.

ELSBETH.

Un bourgeois de Munich! Et pourquoi
êtes-vous déguisé? Que faites-vous ici?

FANTASIO.

Madame, je vous supplie de me pardonner.

Il se jette à genoux.

ELSBETH.

Que veux dire cela? Relevez-vous, homme,
et sortez d'ici. Je vous fais grâce d'une puni-
tion que vous mériteriez peut-être. Qui vous a
poussé à cette action?

FANTASIO.

Je ne puis dire le motif qui m'a conduit
ici.

ELSBETH.

Vous ne pouvez le dire? et cependant je
veux le savoir.

FANTASIO.

Excusez-moi, je n'ose l'avouer.

LA GOUVERNANTE.

Sortons, Elsbeth; ne vous exposez pas à
entendre des discours indignes de vous. Cet
homme est un voleur, ou un insolent qui va
vous parler d'amour.

ELSBETH.

Je veux savoir la raison qui vous a fait
prendre ce costume.

FANTASIO.

Je vous supplie, épargnez-moi.

ELSBETH.

Non, non, parlez, ou je ferme cette porte sur vous pour dix ans.

FANTASIO.

Madame, je suis criblé de dettes; mes créanciers ont obtenu un arrêt contre moi; à l'heure où je vous parle, mes meubles sont vendus, et si je n'étais dans cette prison, je serais dans une autre. On a dû venir m'arrêter hier au soir; ne sachant où passer la nuit, ni comment me soustraire aux poursuites des huissiers, j'ai imaginé de prendre ce costume et de venir me réfugier aux pieds du roi : si vous me rendez la liberté, on va me prendre au collet; mon oncle est un avare qui vit de pommes-de-terre et de radis, et qui me laisse mourir de faim dans tous les cabarets du royaume. Puisque vous voulez le savoir, je dois vingt mille écus.

ELSBETH.

Tout cela est-il vrai ?

FANTASIO.

Si je mens, je consens à les payer.

On entend un bruit de chevaux.

LA GOUVERNANTE.

Voilà des chevaux qui passent ; c'est le roi en personne ; si je pouvais faire signe à un page !

Elle appelle par la fenêtre.

Holà, Flamel, où allez-vous donc ?

LE PAGE, en dehors.

Le prince de Mantoue va partir.

LA GOUVERNANTE.

Le prince de Mantoue !

LE PAGE.

Oui, la guerre est déclarée. Il y a eu entre lui et le roi une scène épouvantable devant toute la cour, et le mariage de la princesse est rompu.

ELSBETH.

Entendez-vous cela, monsieur Fantasio ? vous avez fait manquer mon mariage.

LA GOUVERNANTE.

Seigneur, mon Dieu ! le prince de Mantoue s'en va, et je ne l'aurai pas vu ?

ELSBETH.

Si la guerre est déclarée, quel malheur !

FANTASIO.

Vous appelez cela un malheur, altesse? Ai-
meriez-vous mieux un mari qui prend fait et
cause pour sa perruque? Eh! madame, si la
guerre est déclarée, nous saurons quoi faire
de nos bras; les oisifs de nos promenades mettront leurs uniformes; moi-même je prendrai
mon fusil de chasse, s'il n'est pas encore vendu.
Nous irons faire un tour d'Italie, et si vous entrez jamais à Mantoue, ce sera comme une véritable reine, sans qu'il y ait besoin pour cela
d'autres cierges que nos épées.

ELSBETH.

Fantasio, veux-tu rester le bouffon de mon
père? Je te paie tes vingt mille écus.

FANTASIO.

Je le voudrais de grand cœur; mais en vérité, si j'y étais forcé, je sauterais par la fenêtre
pour me sauver un de ces jours.

ELSBETH.

Pourquoi? Tu vois que Saint-Jean est mort;
il nous faut absolument un bouffon.

FANTASIO.

J'aime ce métier plus que tout autre; mais

je ne puis faire aucun métier. Si vous trouvez
que cela vaille vingt mille écus de vous avoir
débarrassé du prince de Mantoue, donnez-les-
moi, et ne payez pas mes dettes. Un gentilhomme sans dettes ne saurait où se présenter.
Il ne m'est jamais venu à l'esprit de me trouver
sans dettes.

ELSBETH.

Eh bien! je te les donne; mais prends la clé
de mon jardin : le jour où tu t'ennuieras d'être
poursuivi par tes créanciers, viens te cacher
dans les bluets où je t'ai trouvé ce matin; aie
soin de reprendre ta perruque et ton habit ba-
riolé; ne parais pas devant moi sans cette taille
contrefaite et ces grelots d'argent, car c'est
ainsi que tu m'as plu : tu redeviendras mon
bouffon pour le temps qu'il te plaira de l'être,
et puis tu iras à tes affaires. Maintenant tu
peux t'en aller, la porte est ouverte.

LA GOUVERNANTE.

Est-il possible que le prince de Mantoue soit
parti sans que je l'aie vu ?

ON NE BADINE PAS

AVEC L'AMOUR.

Proverbe.

Personnages.

—

LE BARON.
PERDICAN, son fils.
MAITRE BLAZIUS, gouverneur de Perdican.
MAITRE BRIDAINE, curé.
CAMILLE, nièce du baron.
DAME PLUCHE, sa gouvernante.
ROSETTE, sœur de lait de Camille.
PAYSANS, VALETS, etc.

ACTE PREMIER.

Scène première.

Une place devant le château.

LE CHOEUR.

Doucement bercé sur sa mule fringante, messer Blazius s'avance dans les bluets fleuris, vêtu de neuf, l'écritoire au côté. Comme un poupon sur l'oreiller, il se ballotte sur son ventre rebondi, et les yeux à demi fermés, il marmotte un *Pater noster* dans son triple menton. Salut, maître Blazius ; vous arrivez au temps de la vendange, pareil à une amphore antique.

MAITRE BLAZIUS.

Que ceux qui veulent apprendre une nouvelle d'importance m'apportent ici premièrement un verre de vin frais.

LE CHOEUR.

Voilà notre plus grande écuelle ; buvez, maître Blazius ; le vin est bon ; vous parlerez après.

MAITRE BLAZIUS.

Vous saurez, mes enfans, que le jeune Perdican, fils de notre seigneur, vient d'atteindre à sa majorité, et qu'il est reçu docteur à Paris. Il revient aujourd'hui même au château, la bouche toute pleine de façons de parler si belles et si fleuries, qu'on ne sait que lui répondre les trois quarts du temps. Toute sa gracieuse personne est un livre d'or ; il ne voit pas un brin d'herbe à terre, qu'il ne vous dise comment cela s'appelle en latin ; et quand il fait du vent ou qu'il pleut, il vous dit tout clairement pourquoi. Vous ouvririez des yeux grands comme la porte que voilà, de le voir dérouler un des parchemins qu'il a coloriés d'encres de toutes couleurs, de ses propres mains et sans en rien dire à personne. Enfin, c'est un diamant fin des pieds à la tête, et voilà ce que je viens annoncer à M. le baron. Vous sentez que cela me fait quelque honneur, à moi, qui suis son gouverneur depuis l'âge de quatre ans ; ainsi donc, mes bons amis, apportez une chaise que je descende un peu de cette mule-ci sans me casser le cou ; la bête est tant soit peu rétive, et je ne serais pas fâché de boire encore une gorgée avant d'entrer.

LE CHOEUR.

Buvez, maître Blazius, et reprenez vos esprits. Nous avons vu naître le petit Perdican, et il n'était pas besoin, du moment qu'il arrive, de nous en dire si long. Puissions-nous retrouver l'enfant dans le cœur de l'homme !

MAITRE BLAZIUS.

Ma foi, l'écuelle est vide ; je ne croyais pas avoir tout bu. Adieu ; j'ai préparé, en trottant sur la route, deux ou trois phrases sans pré-

tention qui plairont à monseigneur; je vais
tirer la cloche.

Il sort.

LE CHOEUR.

Durement cahotée sur son âne essoufflé,
dame Pluche gravit la colline; son écuyer
transi gourdine à tour de bras le pauvre animal, qui hoche la tête, un chardon entre les
dents. Ses longues jambes maigres trépignent
de colère, tandis que, de ses mains osseuses,
elle égratigne son chapelet. Bonjour donc,
dame Pluche, vous arrivez comme la fièvre,
avec le vent qui fait jaunir les bois.

DAME PLUCHE.

Un verre d'eau, canaille que vous êtes! un
verre d'eau et un peu de vinaigre!

LE CHOEUR.

D'où venez-vous, Pluche, ma mie? vos faux
cheveux sont couverts de poussière; voilà un
toupet de gâté, et votre chaste robe est re-
troussée jusqu'à vos vénérables jarretières.

DAME PLUCHE.

Sachez, manans, que la belle Camille, la
nièce de votre maître, arrive aujourd'hui au

château. Elle a quitté le couvent, sur l'ordre
exprès de monseigneur, pour venir en son
temps et lieu recueillir, comme faire se doit,
le bon bien qu'elle a de sa mère. Son éducation, Dieu merci, est terminée; et ceux qui la
verront auront la joie de respirer une glo-
rieuse fleur de sagesse et de dévotion. Jamais
il n'y a rien eu de si pur, de si ange, de si
agneau et de si colombe que cette chère non-
nain; que le Seigneur Dieu du ciel la con-
duise! Ainsi soit-il. Rangez-vous, canaille; il
me semble que j'ai les jambes enflées.

LE CHOEUR.

Défripez vous, honnête Pluche, et quand
vous prierez Dieu, demandez de la pluie; nos
blés sont secs comme vos tibias.

DAME PLUCHE.

Vous m'avez apporté de l'eau dans une
écuelle qui sent la cuisine; donnez-moi la
main pour descendre; vous êtes des butors et
des malappris.

Elle sort.

LE CHOEUR.

Mettons nos habits du dimanche, et attendons que le baron nous fasse appeler. Ou je

me trompe fort, ou quelque joyeuse bombance
est dans l'air d'aujourd'hui.

Ils sortent.

Scène deuxième.

—

Le salon du baron.

—

Entrent LE BARON, MAITRE BRIDAINE, *et*
MAITRE BLAZIUS.

LE BARON.

Maître Bridaine, vous êtes mon ami; je
vous présente maître Blazius, gouverneur de
mon fils. Mon fils a eu hier matin, à midi
huit minutes, vingt-et-un ans comptés; il est
docteur à quatre boules blanches. Maître Blazius, je vous présente maître Bridaine, curé de
la paroisse; c'est mon ami.

MAITRE BLAZIUS, saluant.

A quatre boules blanches, seigneur ! littérature, botanique, droit romain, droit canon.

LE BARON.

Allez à votre chambre, cher Blazius, mon
fils ne va pas tarder à paraître ; faites un peu
de toilette, et revenez au coup de la cloche.

Maître Blazius sort.

MAÎTRE BRIDAINE.

Vous dirai-je ma pensée, monseigneur ? le
gouverneur de votre fils sent le vin à pleine
bouche.

LE BARON.

Cela est impossible.

MAITRE BRIDAINE.

J'en suis sûr comme de ma vie ; il m'a parlé
de fort près tout-à-l'heure ; il sentait le vin à
faire peur.

LE BARON.

Brisons là ; je vous répète que cela est impossible.

Entre dame Pluche.

Vous voilà, bonne dame Pluche ? Ma nièce
est sans doute avec vous ?

DAME PLUCHE.

Elle me suit, monseigneur, je l'ai devancée
de quelques pas.

LE BARON.

Maître Bridaine, vous êtes mon ami. Je vous présente la dame Pluche, gouvernante de ma nièce. Ma nièce est depuis hier, à sept heures de nuit, parvenue à l'âge de dix-huit ans; elle sort du meilleur couvent de France. Dame Pluche, je vous présente maître Bridaine, curé de la paroisse; c'est mon ami.

DAME PLUCHE, saluant.

Du meilleur couvent de France, seigneur, et je puis ajouter : la meilleure chrétienne du couvent.

LE BARON.

Allez, dame Pluche, réparer le désordre où vous voilà ; ma nièce va bientôt venir, j'espère; soyez prête à l'heure du dîner.

Dame Pluche sort.

MAITRE BRIDAINE.

Cette vieille demoiselle paraît tout-à-fait pleine d'onction.

LE BARON.

Pleine d'onction et de componction, maître Bridaine; sa vertu est inattaquable.

MAITRE BRIDAINE.

Mais le gouverneur sent le vin ; j'en ai la certitude.

LE BARON.

Maître Bridaine! il y a des momens où je doute de votre amitié. Prenez-vous à tâche de me contredire? Pas un mot de plus là-dessus. J'ai formé le dessein de marier mon fils avec ma nièce ; c'est un couple assorti : leur éducation me coûte six mille écus.

MAITRE BRIDAINE.

Il sera nécessaire d'obtenir des dispenses.

LE BARON.

Je les ai, Bridaine; elles sont sur ma table, dans mon cabinet. O mon ami, apprenez maintenant que je suis plein de joie. Vous savez que j'ai eu de tout temps la plus profonde horreur pour la solitude. Cependant la place que j'occupe et la gravité de mon habit me forcent à rester dans ce château pendant trois mois d'hiver et trois mois d'été. Il est impossible de faire le bonheur des hommes en général, et de ses vassaux en particulier, sans donner parfois à son valet-de-chambre l'ordre rigoureux de ne laisser entrer personne. Qu'il est austère et difficile le recueillement de l'homme d'état ! et quel plaisir ne trouverai-je pas à tempérer, par la présence de mes deux enfans réunis, la sombre tristesse à laquelle je dois nécessairement être en proie depuis que le roi m'a nommé receveur !

MAITRE BRIDAINE.

Ce mariage se fera-t-il ici ou à Paris ?

LE BARON.

Voilà où je vous attendais, Bridaine ; j'étais sûr de cette question. Eh bien ! mon ami, que diriez-vous si ces mains que voilà, oui, Bridaine, vos propres mains, ne les regardez pas d'une manière aussi piteuse, étaient destinées à bénir solennellement l'heureuse confirmation de mes rêves les plus chers ? Hé ?

MAITRE BRIDAINE.

Je me tais ; la reconnaissance me ferme la bouche.

LE BARON.

Regardez par cette fenêtre ; ne voyez-vous pas que mes gens se portent en foule à la grille ? Mes deux enfans arrivent en même

temps ; voilà la combinaison la plus heureuse.
J'ai disposé les choses de manière à tout pré-
voir. Ma nièce sera introduite par cette porte
à gauche, et mon fils par cette porte à droite.
Qu'en dites-vous? Je me fais une fête de voir
comment ils s'aborderont, ce qu'ils se diront;
six mille écus ne sont pas une bagatelle, il ne
faut pas s'y tromper. Ces enfans s'aimaient
d'ailleurs fort tendrement dès le berceau. —
Bridaine, il me vient une idée.

MAITRE BRIDAINE.

Laquelle ?

LE BARON.

Pendant le dîner, sans avoir l'air d'y toucher, — vous comprenez, mon ami, — tout
en vidant quelques coupes joyeuses, — vous
savez le latin, Bridaine?

MAITRE BRIDAINE.

Ità œdepol, pardieu, si je le sais !

LE BARON.

Je serais bien aise de vous voir entreprendre
ce garçon, — discrètement, s'entend, — devant sa cousine ; cela ne peut produire qu'un
bon effet; — faites-le parler un peu latin, —

non pas précisément pendant le dîner, — cela deviendrait fastidieux, et quant à moi, je n'y comprends rien ; — mais au dessert, — entendez-vous ?

MAITRE BRIDAINE.

Si vous n'y comprenez rien, monseigneur, il est probable que votre nièce est dans le même cas.

LE BARON.

Raison de plus ; ne voulez-vous pas qu'une femme admire ce qu'elle comprend ? D'où sortez-vous, Bridaine ? Voilà un raisonnement qui fait pitié.

MAITRE BRIDAINE.

Je connais peu les femmes ; mais il me semble qu'il est difficile qu'on admire ce qu'on ne comprend pas.

LE BARON.

Je les connais, Bridaine ; je connais ces êtres charmans et indéfinissables. Soyez persuadé qu'elles aiment à avoir de la poudre dans les yeux, et que plus on leur en jette, plus elles les écarquillent, afin d'en gober davantage.

Perdican entre d'un côté, Camille de l'autre.

Bonjour, mes enfans ; bonjour, ma chère

Camille, mon cher Perdican! embrassez-moi,
et embrassez-vous.

PERDICAN.

Bonjour, mon père, ma sœur bien-aimée!
Quel bonheur! que je suis heureux!

CAMILLE.

Mon père et mon cousin, je vous salue.

PERDICAN.

Comme te voilà grande, Camille! et belle
comme le jour.

LE BARON.

Quand as-tu quitté Paris, Perdican?

PERDICAN.

Mercredi, je crois, ou mardi. Comme te
voilà métamorphosée en femme! Je suis donc
un homme, moi! Il me semble que c'est hier
que je t'ai vue pas plus haute que cela.

LE BARON.

Vous devez être fatigués; la route est longue,
et il fait chaud.

PÉRDICAN.

Oh! mon Dieu, non. Regardez donc, mon
père, comme Camille est jolie!

LE BARON.

Allons, Camille, embrasse ton cousin.

CAMILLE.

Excusez-moi.

LE BARON.

Un compliment vaut un baiser; embrasse-la, Perdican.

PERDICAN.

Si ma cousine recule quand je lui tends la main, je vous dirai à mon tour : Excusez-moi; l'amour peut voler un baiser, mais non pas l'amitié.

CAMILLE.

L'amitié ni l'amour ne doivent recevoir que ce qu'ils peuvent rendre.

LE BARON, à maître Bridaine.

Voilà un commencement de mauvais augure, hé?

MAITRE-BRIDAINE, au baron.

Trop de pudeur est sans doute un défaut; mais le mariage lève bien des scrupules.

LE BARON, à maître Bridaine.

Je suis choqué, — blessé. — Cette réponse m'a déplu. — *Excusez-moi!* Avez-vous vu

qu'elle a fait mine de se signer? — Venez ici,
que je vous parle. — Cela m'est pénible au
dernier point. Ce moment, qui devait m'être
si doux, est complètement gâté. — Je suis
vexé, piqué. — Diable! voilà qui est fort mauvais.

MAITRE BRIDAINE.

Dites-leur quelques mots; les voilà qui se
tournent le dos.

LE BARON.

Eh bien! mes enfans, à quoi pensez-vous
donc? Que fais-tu là, Camille, devant cette
tapisserie?

CAMILLE, regardant un tableau.

Voilà un beau portrait, mon oncle! N'est-ce
pas une grand'tante à nous?

LE BARON.

Oui, mon enfant, c'est ta bisaïeule, — ou
du moins — la sœur de ton bisaïeul, — car
la chère dame n'a jamais concouru, — pour
sa part, je crois, autrement qu'en prières, —
à l'accroissement de la famille. — C'était, ma
foi, une sainte femme.

CAMILLE.

Oh! oui, une sainte! c'est ma grand'tante Isabelle. Comme ce costume religieux lui va bien!

LE BARON.

Et toi, Perdican, que fais-tu là devant ce pot de fleurs?

PERDICAN.

Voilà une fleur charmante, mon père. C'est un héliotrope.

LE BARON.

Te moques-tu? elle est grosse comme une mouche.

PERDICAN.

Cette petite fleur grosse comme une mouche a bien son prix.

MAITRE BRIDAINE.

Sans doute! le docteur a raison; demandez-lui à quel sexe, à quelle classe elle appartient; de quels élémens elle se forme, d'où lui viennent sa sève et sa couleur; il vous ravira en extase en vous détaillant les phénomènes de ce brin d'herbe, depuis la racine jusqu'à la fleur.

PERDICAN.

Je n'en sais pas si long, mon révérend. Je
trouve qu'elle sent bon, voilà tout.

Scène troisième.

Devant le château.

Entre LE CHOEUR.

Plusieurs choses me divertissent et excitent
ma curiosité. Venez, mes amis, et asseyons-
nous sous ce noyer. Deux formidables dîneurs
sont en ce moment en présence au château,
maître Bridaine et maître Blazius. N'avez-vous
pas fait une remarque? c'est que lorsque deux
hommes à peu près pareils, également gros,
également sots, ayant les mêmes vices et les
mêmes passions, viennent par hasard à se
rencontrer, il faut nécessairement qu'ils s'ado-

rent ou qu'ils s'exècrent. Par la raison que les
contraires s'attirent, qu'un homme grand et
desséché aimera un homme petit et rond, que
les blonds recherchent les bruns, et récipro-
quement, je prévois une lutte secrète entre le
gouverneur et le curé. Tous deux sont armés
d'une égale impudence ; tous deux ont pour
ventre un tonneau ; non-seulement ils sont
gloutons, mais ils sont gourmets ; tous deux se
disputeront à dîner, non-seulement la quantité, mais la qualité. Si le poisson est petit,
comment faire ? et dans tous les cas une langue de carpe ne peut se partager, et une carpe
ne peut avoir deux langues. *Item*, tous deux
sont bavards ; mais à la rigueur ils peuvent
parler ensemble sans s'écouter ni l'un ni l'autre. Déjà maître Bridaine a voulu adresser au
jeune Perdican plusieurs questions pédantes,
et le gouverneur a froncé le sourcil. Il lui est
désagréable qu'un autre que lui semble mettre
son élève à l'épreuve. *Item*, ils sont aussi igno-
rans l'un que l'autre. *Item*, ils sont prêtres tous
deux ; l'un se targuera de sa cure, l'autre se
rengorgera dans sa charge de gouverneur.
Maître Blazius confesse le fils, et maître Bri-

daine le père. Déjà, je les vois accoudés sur la
table, les joues enflammées, les yeux à fleur de
tête, secouer pleins de haine leurs triples
mentons. Ils se regardent de la tête aux pieds,
ils préludent par de légères escarmouches ;
bientôt la guerre se déclare ; les cuistreries de
toute espèce se croisent et s'échangent ; et, pour
comble de malheur, entre les deux ivrognes
s'agite dame Pluche, qui les repousse l'un et
l'autre de ses coudes affilés.

Maintenant que voilà le dîner fini, on ouvre
la grille du château. C'est la compagnie qui
sort ; retirons-nous à l'écart.

Ils sortent.

Entrent le baron et dame Pluche.

LE BARON.

Vénérable Pluche, je suis peiné.

DAME PLUCHE.

Est-il possible, monseigneur ?

LE BARON.

Oui, Pluche, cela est possible. J'avais compté
depuis long-temps, — j'avais même écrit, noté,
— sur mes tablettes de poche, — que ce jour
devait être le plus agréable de mes jours, —
oui, bonne dame, le plus agréable. — Vous

n'ignorez pas que mon dessein était de marier mon fils avec ma nièce ; — cela était résolu, — convenu, — j'en avais parlé à Bridaine, — et je vois, je crois voir, que ces enfans se parlent froidement ; — ils ne se sont pas dit un mot.

DAME PLUCHE.

Les voilà qui viennent, monseigneur. Sont-ils prévenus de vos projets ?

LE BARON.

Je leur en ai touché quelques mots en particulier. Je crois qu'il serait bon, puisque les voilà réunis, de nous asseoir sous cet ombrage propice, et de les laisser ensemble un instant.

Il se retire avec dame Pluche.

Entrent Camille et Perdican.

PERDICAN.

Sais-tu que cela n'a rien de beau, Camille, de m'avoir refusé un baiser ?

CAMILLE.

Je suis comme cela ; c'est ma manière.

PERDICAN.

Veux-tu mon bras, pour faire un tour dans le village ?

CAMILLE.

Non, je suis lasse.

PERDICAN.

Cela ne te ferait pas plaisir de revoir la prairie? Te souviens-tu de nos parties sur le bateau? Viens, nous descendrons jusqu'aux moulins; je tiendrai les rames, et toi le gouvernail.

CAMILLE.

Je n'en ai nulle envie.

PERDICAN.

Tu me fends l'âme. Quoi! pas un souvenir, Camille? pas un battement de cœur pour notre enfance, pour tout ce pauvre temps passé, si bon, si doux, si plein de niaiseries délicieuses? Tu ne veux pas venir voir le sentier par où nous allions à la ferme?

CAMILLE.

Non, pas ce soir.

PERDICAN.

Pas ce soir! et quand donc? Toute notre vie est là.

CAMILLE.

Je ne suis ni assez jeune pour m'amuser de

mes poupées, ni assez vieille pour aimer le passé.

PERDICAN.

Comment dis-tu cela?

CAMILLE.

Je dis que les souvenirs d'enfance ne sont pas de mon goût.

PERDICAN.

Cela t'ennuie?

CAMILLE.

Oui, cela m'ennuie.

PERDICAN.

Pauvre enfant! je te plains sincèrement.

Ils sortent chacun de leur côté.

LE BARON, rentrant avec dame Pluche.

Vous le voyez, et vous l'entendez, excellente Pluche; je m'attendais à la plus suave harmonie, et il me semble assister à un concert où le violon joue *Mon cœur soupire*, pendant que la flûte joue *Vive Henri IV*. Songez à la discordance affreuse qu'une pareille combinaison produirait. Voilà pourtant ce qui se passe dans mon cœur.

DAME PLUCHE.

Je l'avoue; il m'est impossible de blâmer

Camille, et rien n'est de plus mauvais ton, à mon sens, que les parties de bateau.

LE BARON.

Parlez-vous sérieusement?

DAME PLUCHE.

Seigneur, une jeune fille qui se respecte ne se hasarde pas sur les pièces d'eau.

LE BARON.

Mais observez donc, dame Pluche, que son cousin doit l'épouser, et que dès lors...

DAME PLUCHE.

Les convenances défendent de tenir un gouvernail, et il est malséant de quitter la terre ferme seule avec un jeune homme.

LE BARON.

Mais je répète... je vous dis...

DAME PLUCHE.

C'est là mon opinion.

LE BARON.

Êtes-vous folle? En vérité, vous me feriez dire... Il y a certaines expressions que je ne veux pas... qui me répugnent... Vous me donnez envie... En vérité, si je ne me retenais... Vous êtes une pécore, Pluche ! Je ne sais que penser de vous.

Il sort.

Scène quatrième.

Une place.

LE CHOEUR, PERDICAN.

PERDICAN.

Bonjour, amis. Me reconnaissez-vous ?

LE CHOEUR.

Seigneur, vous ressemblez à un enfant que nous avons beaucoup aimé.

PERDICAN.

N'est-ce pas vous qui m'avez porté sur votre dos pour passer les ruisseaux de vos prairies, vous qui m'avez fait danser sur vos genoux,

qui m'avez pris en croupe sur vos chevaux ro-
bustes, qui vous êtes serrés quelquefois autour
de vos tables pour me faire une place au souper de la ferme?

LE CHOEUR.

Nous nous en souvenons, seigneur. Vous
étiez bien le plus mauvais garnement et le
meilleur garçon de la terre.

PERDICAN.

Et pourquoi donc alors ne m'embrassez-vous
pas, au lieu de me saluer comme un étranger?

LE CHOEUR.

Que Dieu te bénisse, enfant de nos entrail-
les! chacun de nous voudrait te prendre dans
ses bras; mais nous sommes vieux, monseigneur, et vous êtes un homme.

PERDICAN.

Oui, il y a dix ans que je ne vous ai vus, et
en un jour tout change sous le soleil. Je me
suis élevé de quelques pieds vers le ciel, et
vous vous êtes courbés de quelques pouces vers
le tombeau. Vos têtes ont blanchi, vos pas
sont devenus plus lents; vous ne pouvez plus

soulever de terre votre enfant d'autrefois. C'est
donc à moi d'être votre père, à vous qui avez
été les miens.

LE CHOEUR.

Votre retour est un jour plus heureux que
votre naissance. Il est plus doux de retrouver
ce qu'on aime, que d'embrasser un nouveau-
né.

PERDICAN.

Voilà donc ma chère vallée! mes noyers,
mes sentiers verts, ma petite fontaine! voilà
mes jours passés encore tout pleins de vie,
voilà le monde mystérieux des rêves de mon
enfance! O patrie! patrie! mot incompréhensible! l'homme n'est-il donc né que pour un
coin de terre, pour y bâtir son nid et pour y
vivre un jour?

LE CHOEUR.

On nous a dit que vous êtes un savant, monseigneur.

PERDICAN.

Oui, on me l'a dit aussi. Les sciences sont
une belle chose, mes enfans; ces arbres et ces
prairies enseignent à haute voix la plus belle
de toutes, l'oubli de ce qu'on sait.

LE CHOEUR.

Il s'est fait plus d'un changement pendant
votre absence. Il y a des filles mariées et des
garçons partis pour l'armée.

PERDICAN.

Vous me conterez tout cela. Je m'attends
bien à du nouveau ; mais en vérité je n'en
veux pas encore. Comme ce lavoir est petit !
autrefois il me paraissait immense ; j'avais em-
porté dans ma tête un océan et des forêts, et
je retrouve une goutte d'eau et des brins
d'herbe. Quelle est donc cette jeune fille qui
chante à sa croisée derrière ces arbres ?

LE CHOEUR.

C'est Rosette, la sœur de lait de votre cousine
Camille.

PERDICAN, s'avançant.

Descends vite, Rosette, et viens ici.

ROSETTE, entrant.

Oui, monseigneur.

PERDICAN.

Tu me voyais de ta fenêtre, et tu ne venais

pas, méchante fille? Donne-moi vite cette main-là, et ces joues-là, que je t'embrasse.

ROSETTE.

Oui, monseigneur.

PERDICAN.

Es-tu mariée, petite? on m'a dit que tu l'étais.

ROSETTE.

Oh! non.

PERDICAN.

Pourquoi? Il n'y a pas dans le village de plus jolie fille que toi. Nous te marierons, mon enfant.

LE CHOEUR.

Monseigneur, elle veut mourir fille.

PERDICAN.

Est-ce vrai, Rosette?

ROSETTE.

Oh! non.

PERDICAN.

Ta sœur Camille est arrivée. L'as-tu vue?

ROSETTE.

Elle n'est pas encore venue par ici.

PERDICAN.

Va-t'en vite mettre ta robe neuve, et viens souper au château.

Scène cinquième.

Une salle.

Entrent LE BARON *et* MAITRE BLAZIUS.

MAITRE BLAZIUS.

Seigneur, j'ai un mot à vous dire; le curé de la paroisse est un ivrogne.

LE BARON.

Fi donc! cela ne se peut pas.

MAITRE BLAZIUS.

J'en suis certain. Il a bu à dîner trois bouteilles de vin.

LE BARON.

Cela est exorbitant.

MAITRE BLAZIUS.

Et en sortant de table, il a marché sur les plates-bandes.

LE BARON.

Sur les plates-bandes? — Je suis confondu. — Voilà qui est étrange! — boire trois bouteilles de vin à dîner! marcher sur les plates-bandes! c'est incompréhensible. Et pourquoi ne marchait-il pas dans l'allée?

MAITRE BLAZIUS.

Parce qu'il allait de travers.

LE BARON, à part.

Je commence à croire que Bridaine avait raison ce matin. Ce Blazius sent le vin d'une manière horrible.

MAITRE BLAZIUS.

De plus, il a mangé beaucoup; sa parole était embarrassée.

LE BARON.

Vraiment, je l'ai remarqué aussi.

MAITRE BLAZIUS.

Il a lâché quelques mots latins; c'étaient

autant de solécismes. Seigneur, c'est un homme dépravé.

LE BARON, à part.

Pouah! ce Blazius a une odeur qui est intolérable. — Apprenez, gouverneur, que j'ai bien autre chose en tête, et que je ne me mêle jamais de ce qu'on boit ni de ce qu'on mange. Je ne suis point un majordome.

MAITRE BLAZIUS.

A Dieu ne plaise que je vous déplaise, monsieur le baron! Votre vin est bon.

LE BARON.

Il y a de bon vin dans mes caves.

MAITRE BRIDAINE, entrant.

Seigneur, votre fils est sur la place, suivi de tous les polissons du village.

LE BARON.

Cela est impossible.

MAITRE BRIDAINE.

Je l'ai vu de mes propres yeux. Il ramassait des cailloux pour faire des ricochets.

LE BARON.

Des ricochets ? ma tête s'égare ; voilà mes idées qui se bouleversent. Vous me faites un rapport insensé, Bridaine. Il est inouï qu'un docteur fasse des ricochets.

MAITRE BRIDAINE.

Mettez-vous à la fenêtre, monseigneur, vous le verrez de vos propres yeux.

LE BARON, à part.

O ciel ! Blazius a raison ; Bridaine va de travers.

MAITRE BRIDAINE.

Regardez, monseigneur, le voilà au bord du lavoir. Il tient sous le bras une jeune paysanne.

LE BARON.

Une jeune paysanne ? Mon fils vient-il ici pour débaucher mes vassales ? Une paysanne sous son bras ! et tous les gamins du village autour de lui ! Je me sens hors de moi.

MAITRE BRIDAINE.

Cela crie vengeance.

LE BARON.

Tout est perdu ! — perdu sans ressource ! —

Je suis perdu : — Bridaine va de travers, Blazius sent le vin à faire horreur, et mon fils
séduit toutes les filles du village en faisant des
ricochets.

Il sort.

ACTE SECOND.

Scène première.

Un jardin.

Entrent MAITRE BLAZIUS *et* PERDICAN.

MAITRE BLAZIUS.

Seigneur, votre père est au désespoir.

PERDICAN.

Pourquoi cela?

II.   15

MAITRE BLAZIUS.

Vous n'ignorez pas qu'il avait formé le projet de vous unir à votre cousine Camille?

PERDICAN.

Eh bien? — Je ne demande pas mieux.

MAITRE BLAZIUS.

Cependant le baron croit remarquer que vos caractères ne s'accordent pas.

PERDICAN.

Cela est malheureux; je ne puis refaire le mien.

MAITRE BLAZIUS.

Rendrez-vous par là ce mariage impossible?

PERDICAN.

Je vous répète que je ne demande pas mieux que d'épouser Camille. Allez trouver le baron, et dites-lui cela.

MAITRE BLAZIUS.

Seigneur, je me retire : voilà votre cousine qui vient de ce côté.

Il sort.

Entre Camille.

PERDICAN.

Déjà levée, cousine? J'en suis toujours pour

ce que je t'ai dit hier; tu es jolie comme un
cœur.

CAMILLE.

Parlons sérieusement, Perdican; votre père
veut nous marier. Je ne sais ce que vous en
pensez; mais je crois bien faire en vous préve-
nant que mon parti est pris là-dessus.

PERDICAN.

Tant pis pour moi si je vous déplais.

CAMILLE.

Pas plus qu'un autre; je ne veux pas me
marier: il n'y a rien là dont votre orgueil doive
souffrir.

PERDICAN.

L'orgueil n'est pas mon fait; je n'en estime
ni les joies ni les peines.

CAMILLE.

Je suis venue ici pour recueillir le bien de
ma mère; je retourne demain au couvent.

PERDICAN.

Il y a de la franchise dans ta démarche; tou-
che là, et soyons bons amis.

CAMILLE.

Je n'aime pas les attouchemens.

PERDICAN, lui prenant la main.

Donne-moi ta main, Camille, je t'en prie.
Que crains-tu de moi? Tu ne veux pas qu'on
nous marie? eh bien! ne nous marions pas;
est-ce une raison pour nous haïr? ne sommes-
nous pas le frère et la sœur? Lorsque ta mère
a ordonné ce mariage dans son testament, elle
a voulu que notre amitié fût éternelle, voilà
tout ce qu'elle a voulu. Pourquoi nous marier? voilà ta main et voilà la mienne; et pour
qu'elles restent unies ainsi jusqu'au dernier
soupir, crois-tu qu'il nous faille un prêtre?
Nous n'avons besoin que de Dieu.

CAMILLE.

Je suis bien aise que mon refus vous soit indifférent.

PERDICAN.

Il ne m'est point indifférent, Camille. Ton
amour m'eût donné la vie, mais ton amitié
m'en consolera. Ne quitte pas le château demain; hier, tu as refusé de faire un tour de
jardin, parce que tu voyais en moi un mari
dont tu ne voulais pas. Reste ici quelques jours,
laisse-moi espérer que notre vie passée n'est
pas morte à jamais dans ton cœur.

CAMILLE.

Je suis obligée de partir.

PERDICAN.

Pourquoi?

CAMILLE.

C'est mon secret.

PERDICAN.

En aimes-tu un autre que moi?

CAMILLE.

Non; mais je veux partir.

PERDICAN.

Irrévocablement?

CAMILLE.

Oui, irrévocablement.

PERDICAN.

Eh bien! adieu. J'aurais voulu m'asseoir avec toi sous les marronniers du petit bois, et causer de bonne amitié une heure ou deux. Mais si cela te déplaît, n'en parlons plus; adieu, mon enfant.

Il sort.

CAMILLE, à dame Pluche qui entre.

Dame Pluche, tout est-il prêt? Partirons-nous demain? Mon tuteur a-t-il fini ses comptes?

DAME PLUCHE.

Oui, chère colombe sans tache. Le baron m'a traitée de pécore hier soir, et je suis enchantée de partir.

CAMILLE.

Tenez; voilà un mot d'écrit que vous porterez avant dîner, de ma part, à mon cousin Perdican.

DAME PLUCHE.

Seigneur mon Dieu! est-ce possible? Vous écrivez un billet à un homme?

CAMILLE.

Ne dois-je pas être sa femme? Je puis bien écrire à mon fiancé.

DAME PLUCHE.

Le seigneur Perdican sort d'ici. Que pouvez-vous lui écrire? Votre fiancé, miséricorde! Serait-il vrai que vous oubliez Jésus?

CAMILLE.

Faites ce que je vous dis, et disposez tout pour notre départ.

Elles sortent.

Scène deuxième.

—

La salle à manger. — On met le couvert.

—

Entre MAITRE BRIDAINE.

Cela est certain, on lui donnera encore aujourd'hui la place d'honneur. Cette chaise que
j'ai occupée si long-temps à la droite du baron
sera la proie du gouverneur. O malheureux
que je suis! Un âne bâté, un ivrogne sans pudeur, me relègue au bas bout de la table! Le
majordome lui versera le premier verre de Ma-
laga, et lorsque les plats arriveront à moi, ils
seront à moitié froids, et les meilleurs morceaux déjà avalés ; il ne restera plus autour des
perdreaux ni choux ni carottes. O sainte église
catholique! Qu'on lui ait donné cette place
hier, cela se concevait ; il venait d'arriver ;
c'était la première fois, depuis nombre d'années, qu'il s'asseyait à cette table. Dieu! comme
il dévorait! Non, rien ne me restera, que des

os et des pattes de poulet. Je ne souffrirai pas
cet affront. Adieu, vénérable fauteuil où je me
suis renversé tant de fois, gorgé de mets suc-
culens ! Adieu, bouteilles cachetées, fumet sans
pareil de venaisons cuites à point ! Adieu, table
splendide, noble salle à manger ; je ne dirai
plus le bénédicité ? Je retourne à ma cure ; on
ne me verra pas confondu parmi la foule des
convives, et j'aime mieux, comme César, être le
premier au village que le second dans Rome.

Il sort.

Scène troisième.

Un champ devant une petite maison.

Entrent ROSETTE *et* PERDICAN.

PERDICAN.

Puisque ta mère n'y est pas, viens faire un
tour de promenade.

ROSETTE.

Croyez-vous que cela me fasse du bien, tous ces baisers que vous me donnez?

PERDICAN.

Quel mal y trouves-tu? Je t'embrasserais devant ta mère. N'es-tu pas la sœur de Camille? ne suis-je pas ton frère comme je suis le sien?

ROSETTE.

Des mots sont des mots, et des baisers sont des baisers. Je n'ai guère d'esprit, et je m'en aperçois bien sitôt que je veux dire quelque chose. Les belles dames savent leur affaire, selon qu'on leur baise la main droite ou la main gauche; leurs pères les embrassent sur le front, leurs frères sur la joue, leurs amoureux sur les lèvres; moi, tout le monde m'embrasse sur les deux joues, et cela me chagrine.

PERDICAN.

Que tu es jolie, mon enfant!

ROSETTE.

Il ne faut pas non plus vous fâcher pour cela. Comme vous paraissez triste ce matin! Votre mariage est donc manqué?

PERDICAN.

Les paysans de ton village se souviennent
de m'avoir aimé; les chiens de la basse-cour
et les arbres du bois s'en souviennent aussi ;
mais Camille ne s'en souvient pas. Et toi, Rosette, à quand le mariage ?

ROSETTE.

Ne parlons pas de cela, voulez-vous? Parlons
du temps qu'il fait, de ces fleurs que voilà, de
vos chevaux et de mes bonnets.

PERDICAN.

De tout ce qui te plaira, de tout ce qui peut
passer sur tes lèvres sans leur ôter ce sourire
céleste, que je respecte plus que ma vie.

Il l'embrasse.

ROSETTE.

Vous respectez mon sourire, mais vous ne
respectez guère mes lèvres, à ce qu'il me semble. Regardez donc; voilà une goutte de pluie
qui me tombe sur la main, et cependant le ciel
est pur.

PERDICAN.

Pardonne-moi.

ROSETTE.

Que vous ai-je fait pour que vous pleuriez?

Ils sortent.

---◦●◦◦●---

Scène quatrième.

—

Au château.

—

Entrent MAITRE BLAZIUS *et* LE BARON.

MAITRE BLAZIUS.

Seigneur, j'ai une chose singulière à vous dire. Tout-à-l'heure j'étais par hasard dans l'office, je veux dire dans la galerie : qu'aurais-je été faire dans l'office? J'étais donc dans la galerie. J'avais trouvé par accident une bouteille, je veux dire une carafe d'eau : comment aurais-je trouvé une bouteille dans la galerie? J'étais donc en train de boire un coup de vin, je veux dire un verre d'eau, pour passer le temps, et je regardais par la fenêtre, entre deux vases de fleurs qui me paraissaient d'un goût moderne, bien qu'ils soient imités de l'étrusque.

LE BARON.

Quelle insupportable manière de parler vous avez adoptée, Blazius! vos discours sont inexplicables.

MAITRE BLAZIUS.

Écoutez-moi, seigneur, prêtez-moi un moment d'attention. Je regardais donc par la fenêtre. Ne vous impatientez pas, au nom du ciel, il y va de l'honneur de la famille.

LE BARON.

De la famille! voilà qui est incompréhensible. De l'honneur de la famille, Blazius! Savez-vous que nous sommes trente-sept mâles, et presque autant de femmes, tant à Paris qu'en province?

MAITRE BLAZIUS.

Permettez-moi de continuer. Tandis que je buvais un coup de vin, je veux dire un verre d'eau, pour chasser la digestion tardive, imaginez que j'ai vu passer sous la fenêtre dame Pluche hors d'haleine.

LE BARON.

Pourquoi hors d'haleine, Blazius? ceci est insolite.

MAITRE BLAZIUS.

Et à côté d'elle, rouge de colère, votre nièce Camille.

LE BARON.

Qui était rouge de colère, ma nièce, ou dame Pluche?

MAITRE BLAZIUS.

Votre nièce, seigneur.

LE BARON.

Ma nièce rouge de colère! Cela est inoui! Et comment savez-vous que c'était de colère? Elle pouvait être rouge pour mille raisons; elle avait sans doute poursuivi quelques papillons dans mon parterre.

MAITRE BLAZIUS.

Je ne puis rien affirmer là-dessus; cela se peut; mais elle s'écriait avec force : Allez-y! trouvez-le! faites ce qu'on vous dit! vous êtes une sotte! je le veux! Et elle frappait avec son éventail sur le coude de dame Pluche, qui faisait un soubresaut dans la luzerne à chaque exclamation.

LE BARON.

Dans la luzerne! Et que répondait la gouvernante aux extravagances de ma nièce? car
cette conduite mérite d'être qualifiée ainsi.

MAITRE BLAZIUS.

La gouvernante répondait : Je ne veux pas
y aller! Je ne l'ai pas trouvé! Il fait la cour
aux filles du village, à des gardeuses de dindons! Je suis trop vieille pour commencer à
porter des messages d'amour; grâce à Dieu,
j'ai vécu les mains pures jusqu'ici ; — et tout
en parlant elle froissait dans ses mains un petit
papier plié en quatre.

LE BARON.

Je n'y comprends rien; mes idées s'em-
brouillent tout-à-fait. Quelle raison pouvait
avoir dame Pluche pour froisser un papier plié
en quatre en faisant des soubresauts dans une
luzerne ! Je ne puis ajouter foi à de pareilles
monstruosités.

MAITRE BLAZIUS.

Ne comprenez-vous pas clairement, seigneur, ce que cela signifiait?

LE BARON.

Non, en vérité, non, mon ami, je n'y comprends absolument rien. Tout cela me paraît une conduite désordonnée, il est vrai, mais sans motif comme sans excuse.

MAITRE BLAZIUS.

Cela veut dire que votre fille a une correspondance secrète.

LE BARON.

Que dites-vous? Songez-vous de qui vous parlez? Pesez vos paroles, monsieur l'abbé.

MAITRE BLAZIUS.

Je les pèserais dans la balance céleste qui doit peser mon âme au jugement dernier, que je n'y trouverais pas un mot qui sente la fausse monnaie. Votre nièce a une correspondance secrète.

LE BARON.

Mais songez donc, mon ami, que cela est impossible.

MAITRE BLAZIUS.

Pourquoi aurait-elle chargé sa gouvernante d'une lettre? Pourquoi aurait-elle crié : *Trou-*

vez-le! tandis que l'autre boudait et rechi-
gnait ?

LE BARON.

Et à qui était adressée cette lettre ?

MAITRE BLAZIUS.

Voilà précisément le *hic*, monseigneur, *hic
jacet lepus*. A qui était adressée cette lettre ?
à un homme qui fait la cour à une gardeuse
de dindons. Or, un homme qui recherche en
public une gardeuse de dindons peut être
soupçonné violemment d'être né pour les
garder lui-même. Cependant il est impossible
que votre nièce, avec l'éducation qu'elle a
reçue, soit éprise d'un pareil homme ; voilà ce
que je dis, et ce qui fait que je n'y comprends rien non plus que vous, révérence
parler.

LE BARON.

O ciel ! ma nièce m'a déclaré ce matin même
qu'elle refusait son cousin Perdican. Aimerait-
elle un gardeur de dindons ? Passons dans mon
cabinet ; j'ai éprouvé depuis hier des secousses
si violentes, que je ne puis rassembler mes
idées.

Ils sortent.

Scène cinquième.

—

Une fontaine dans un bois.

—

Entre PERDICAN, *lisant un billet.*

« Trouvez-vous à midi à la petite fontaine. »
Que veut dire cela ? tant de froideur, un refus
si positif, si cruel, un orgueil si insensible, et
un rendez-vous par-dessus tout ? Si c'est pour
me parler d'affaires, pourquoi choisir un pareil endroit ? Est-ce une coquetterie ? Ce matin,
en me promenant avec Rosette, j'ai entendu
remuer dans les broussailles, et il m'a semblé
que c'était un pas de biche. Y a-t-il ici quelque
intrigue ?

Entre Camille.

CAMILLE.

Bonjour, cousin ; j'ai cru m'apercevoir, à
tort ou à raison, que vous me quittiez tristement ce matin. Vous m'avez pris la main malgré moi, je viens vous demander de me donner
la vôtre. Je vous ai refusé un baiser, le voilà.

Elle l'embrasse.

Maintenant, vous m'avez dit que vous seriez bien aise de causer de bonne amitié. Asseyez-vous là, et causons.

Elle s'asseoit.

PERDICAN.

Avais-je fait un rêve, ou en fais-je un autre en ce moment?

CAMILLE.

Vous avez trouvé singulier de recevoir un billet de moi, n'est-ce pas? Je suis d'humeur changeante; mais vous m'avez dit ce matin un mot très-juste : « Puisque nous nous quittons, quittons-nous bons amis. » Vous ne savez pas la raison pour laquelle je pars, et je viens vous la dire : je vais prendre le voile.

PERDICAN.

Est-ce possible? Est-ce toi, Camille, que je vois dans cette fontaine, assise sur les marguerites, comme aux jours d'autrefois?

CAMILLE.

Oui, Perdican, c'est moi. Je viens revivre un quart-d'heure de la vie passée. Je vous ai paru brusque et hautaine; cela est tout simple, j'ai renoncé au monde. Cependant, avant de le quitter, je serais bien aise d'avoir votre avis. Trouvez-vous que j'aie raison de me faire religieuse?

PERDICAN.

Ne m'interrogez pas là-dessus, car je ne me ferai jamais moine.

CAMILLE.

Depuis près de dix ans que nous avons vécu éloignés l'un de l'autre, vous avez commencé l'expérience de la vie. Je sais quel homme vous êtes, et vous devez avoir beaucoup appris en peu de temps avec un cœur et un esprit comme les vôtres. Dites-moi, avez-vous eu des maîtresses?

PERDICAN.

Pourquoi cela?

CAMILLE.

Répondez-moi, je vous en prie, sans modestie et sans fatuité.

PERDICAN.

J'en ai eu.

CAMILLE.

Les avez-vous aimées?

PERDICAN.

De tout mon cœur.

CAMILLE.

Où sont-elles maintenant? Le savez-vous?

PERDICAN.

Voilà, en vérité, des questions singulières. Que voulez-vous que je vous dise? Je ne suis ni leur mari ni leur frère; elles sont allées où bon leur a semblé.

CAMILLE.

Il doit nécessairement y en avoir une que vous ayez préférée aux autres. Combien de temps avez-vous aimé celle que vous avez aimée le mieux?

PERDICAN.

Tu es une drôle de fille! Veux-tu te faire mon confesseur?

CAMILLE.

C'est une grâce que je vous demande, de me répondre sincèrement. Vous n'êtes point un libertin, et je crois que votre cœur a de la probité. Vous avez dû inspirer l'amour, car vous le méritez, et vous ne vous seriez pas livré à un caprice. Répondez-moi, je vous en prie.

PERDICAN.

Ma foi, je ne m'en souviens pas.

CAMILLE.

Connaissez-vous un homme qui n'ait aimé
qu'une femme?

PERDICAN.

Il y en a certainement.

CAMILLE.

Est-ce un de vos amis? Dites-moi son nom.

PERDICAN.

Je n'ai pas de nom à vous dire ; mais je crois
qu'il y a des hommes capables de n'aimer
qu'une fois.

CAMILLE.

Combien de fois un honnête homme peut-il
aimer?

PERDICAN.

Veux-tu me faire réciter une litanie, ou ré-
cites-tu toi-même un catéchisme?

CAMILLE.

Je voudrais m'instruire, et savoir si j'ai tort
ou raison de me faire religieuse. Si je vous
épousais, ne devriez-vous pas répondre avec
franchise à toutes mes questions, et me montrer votre cœur à nu? Je vous estime beaucoup,
et je vous crois, par votre éducation et par

votre nature, supérieur à beaucoup d'autres hommes. Je suis fâchée que vous ne vous souveniez plus de ce que je vous demande; peut-être en vous connaissant mieux je m'enhardirais.

PERDICAN.

Où veux-tu en venir? parle; je répondrai.

CAMILLE.

Répondez donc à ma première question. Ai-je raison de rester au couvent?

PERDICAN.

Non.

CAMILLE.

Je ferais donc mieux de vous épouser?

PERDICAN.

Oui.

CAMILLE.

Si le curé de votre paroisse soufflait sur un verre d'eau, et vous disait que c'est un verre de vin, le boiriez-vous comme tel?

PERDICAN.

Non.

CAMILLE.

Si le curé de votre paroisse soufflait sur

vous, et me disait que vous m'aimerez toute
votre vie, aurais-je raison de le croire?

PERDICAN.

Oui et non.

CAMILLE.

Que me conseilleriez-vous de faire le jour
où je verrais que vous ne m'aimez plus?

PERDICAN.

De prendre un amant.

CAMILLE.

Que ferai-je ensuite le jour où mon amant
ne m'aimera plus?

PERDICAN.

Tu en prendras un autre.

CAMILLE.

Combien de temps cela durera-t-il?

PERDICAN.

Jusqu'à ce que tes cheveux soient gris, et
alors les miens seront blancs.

CAMILLE.

Savez-vous ce que c'est que les cloîtres, Perdican? Vous êtes-vous jamais assis un jour en-

tier sur le banc d'un monastère de femmes?

PERDICAN.

Oui, je m'y suis assis.

CAMILLE.

J'ai pour amie une sœur qui n'a que trente ans, et qui a eu cinq cent mille livres de revenu à l'âge de quinze ans. C'est la plus belle et la plus noble créature qui ait marché sur terre. Elle était pairesse du parlement, et avait pour mari un des hommes les plus distingués de France. Aucune des nobles facultés humaines n'était restée sans culture en elle, et, comme un arbrisseau d'une sève choisie, tous ses bourgeons avaient donné des ramures. Jamais l'amour et le bonheur ne poseront leur couronne fleurie sur un front plus beau; son mari l'a trompée; elle a aimé un autre homme, et elle se meurt de désespoir.

PERDICAN.

Cela est possible.

CAMILLE.

Nous habitons la même cellule, et j'ai passé des nuits entières à parler de ses malheurs; ils sont presque devenus les miens; cela est

singulier, n'est-ce pas? Je ne sais trop comment cela se fait. Quand elle me parlait de
son mariage, quand elle me peignait d'abord
l'ivresse des premiers jours, puis la tranquillité des autres, et comme enfin tout s'était en-
volé; comme elle était assise le soir au coin du
feu, et lui auprès de la fenêtre, sans se dire
un seul mot; comme leur amour avait langui,
et comme tous les efforts pour se rapprocher
n'aboutissaient qu'à des querelles; comme une
figure étrangère est venue peu à peu se placer
entre eux, et se glisser dans leurs souffrances:
c'était moi que je voyais agir tandis qu'elle
parlait. Quand elle disait: Là j'ai été heureuse, mon cœur bondissait; et quand elle
ajoutait: Là j'ai pleuré, mes larmes coulaient.
Mais figurez-vous quelque chose de plus singulier encore; j'avais fini par me créer une
vie imaginaire; cela a duré quatre ans; il est
inutile de vous dire par combien de réflexions,
de retours sur moi-même, tout cela est venu.
Ce que je voulais vous raconter, comme une
curiosité, c'est que tous les récits de Louise,
toutes les fictions de mes rêves portaient votre
ressemblance.

PERDICAN.

Ma ressemblance, à moi?

CAMILLE.

Oui, et cela est naturel : vous étiez le seul homme que j'eusse connu. En vérité, je vous ai aimé, Perdican.

PERDICAN.

Quel âge as-tu, Camille?

CAMILLE.

Dix-huit ans.

PERDICAN.

Continue, continue; j'écoute.

CAMILLE.

Il y a deux cents femmes dans notre couvent; un petit nombre de ces femmes ne connaîtra jamais la vie, et tout le reste attend la mort. Plus d'une parmi elles sont sorties du monastère comme j'en sors aujourd'hui, vierges et pleines d'espérances. Elles sont revenues peu de temps après, vieilles et désolées. Tous les jours il en meurt dans nos dortoirs, et tous les jours il en vient de nouvelles prendre la place des mortes sur les matelas de crin. Les

étrangers qui nous visitent admirent le calme
et l'ordre de la maison; ils regardent attenti-
vement la blancheur de nos voiles; mais ils
se demandent pourquoi nous les rabaissons
sur nos yeux. Que pensez-vous de ces femmes,
Perdican ? Ont-elles tort, ou ont-elles raison ?

PERDICAN.

Je n'en sais rien.

CAMILLE.

Il s'en est trouvé quelques-unes qui me con-
seillent de rester vierge. Je suis bien aise de
vous consulter. Croyez-vous que ces femmes-
là auraient mieux fait de prendre un amant
et de me conseiller d'en faire autant ?

PERDICAN.

Je n'en sais rien.

CAMILLE.

Vous aviez promis de me répondre.

PERDICAN.

J'en suis dispensé tout naturellement; je ne
crois pas que ce soit toi qui parles.

CAMILLE.

Cela se peut, il doit y avoir dans toutes

mes idées des choses très-ridicules. Il se peut bien qu'on m'ait fait la leçon, et que je ne sois qu'un perroquet mal appris. Il y a dans la galerie un petit tableau qui représente un moine courbé sur un missel ; à travers les barreaux obscurs de sa cellule glisse un faible rayon de soleil, et on aperçoit une locanda italienne, devant laquelle danse un chévrier. Lequel de ces deux hommes estimez-vous davantage ?

PERDICAN.

Ni l'un ni l'autre et tous les deux. Ce sont deux hommes de chair et d'os ; il y en a un qui lit, et un autre qui danse ; je n'y vois pas autre chose. Tu as raison de te faire religieuse.

CAMILLE.

Vous me disiez non tout-à-l'heure.

PERDICAN.

Ai-je dit non ? Cela est possible.

CAMILLE.

Ainsi vous me le conseillez ?

PERDICAN.

Ainsi tu ne crois à rien ?

CAMILLE.

Lève la tête, Perdican! quel est l'homme qui ne croit à rien?

PERDICAN, se levant.

En voilà un; je ne crois pas à la vie immor-telle. — Ma sœur chérie, les religieuses t'ont donné leur expérience; mais, crois-moi, ce n'est pas la tienne; tu ne mourras pas sans aimer.

CAMILLE.

Je veux aimer, mais je ne veux pas souffrir; je veux aimer d'un amour éternel, et faire des sermens qui ne se violent pas. Voilà mon amant.

Elle montre son crucifix.

PERDICAN.

Cet amant-là n'exclut pas les autres.

CAMILLE.

Pour moi du moins, il les exclura. Ne sou-riez pas, Perdican! Il y a dix ans que je ne vous ai vu, et je pars demain. Dans dix autres années, si nous nous revoyons, nous en repar-lerons. J'ai voulu ne pas rester dans votre sou-venir comme une froide statue; car l'insensi-bilité mène au point où j'en suis. Écoutez-moi ; retournez à la vie, et tant que vous serez heureux, tant que vous aimerez comme on peut aimer sur la terre, oubliez votre sœur Camille; mais s'il vous arrive jamais d'être oublié ou d'oublier vous-même, si l'ange de l'espérance vous abandonne, lorsque vous serez seul avec le vide dans le cœur, pensez à moi qui prierai pour vous.

PERDICAN.

Tu es une orgueilleuse; prends garde à toi.

CAMILLE.

Pourquoi?

PERDICAN.

Tu as dix-huit ans, et tu ne crois pas à l'amour!

CAMILLE.

Y croyez-vous, vous qui parlez? Vous voilà courbé près de moi avec des genoux qui se sont usés sur les tapis de vos maîtresses, et vous n'en savez plus le nom. Vous avez pleuré des larmes de joie et des larmes de désespoir; mais vous saviez que l'eau des sources est plus constante que vos larmes, et qu'elle serait toujours là pour laver vos paupières gonflées. Vous faites votre métier de jeune homme, et vous souriez

quand on vous parle de femmes désolées; vous
ne croyez pas qu'on puisse mourir d'amour,
vous qui vivez et qui avez aimé. Qu'est-ce donc
que le monde? Il me semble que vous devez
cordialement mépriser les femmes qui vous
prennent tel que vous êtes, et qui chassent
leur dernier amant pour vous attirer dans
leurs bras avec les baisers d'une autre sur les
lèvres. Je vous demandais tout-à-l'heure si
vous aviez aimé; vous m'avez répondu comme
un voyageur à qui l'on demanderait s'il a été
en Italie ou en Allemagne, et qui dirait : Oui,
j'y ai été; puis qui penserait à aller en Suisse,
ou dans le premier pays venu. Est-ce donc une
monnaie que votre amour, pour qu'il puisse
passer ainsi de mains en mains jusqu'à la mort?
Non, ce n'est pas même une monnaie; car la
plus mince pièce d'or vaut mieux que vous, et
dans quelques mains qu'elle passe, elle garde
son effigie.

PERDICAN.

Que tu es belle, Camille, lorsque tes yeux
s'animent!

CAMILLE.

Oui, je suis belle, je le sais. Les complimenteurs ne m'apprendront rien ; la froide nonne qui coupera mes cheveux pâlira peut-être de sa mutilation ; mais ils ne se changeront pas en bagues et en chaînes pour courir les boudoirs; il n'en manquera pas un seul sur ma tête lorsque le fer y passera ; je ne veux qu'un coup de ciseau, et quand le prêtre qui me bénira me mettra au doigt l'anneau d'or de mon époux céleste, la mèche de cheveux que je lui donnerai pourra lui servir de manteau.

PERDICAN.

Tu es en colère, en vérité.

CAMILLE.

J'ai eu tort de parler ; j'ai ma vie entière sur les lèvres. O Perdican ! ne raillez pas ; tout cela est triste à mourir.

PERDICAN.

Pauvre enfant, je te laisse dire, et j'ai bien envie de te répondre un mot. Tu me parles d'une religieuse qui me paraît avoir eu sur toi une influence funeste; tu dis qu'elle a été trompée, qu'elle a trompé elle-même, et qu'elle est désespérée. Es-tu sûre que si son mari ou son amant revenait lui tendre la main à travers la grille du parloir, elle ne lui tendrait pas la sienne?

CAMILLE.

Qu'est-ce que vous dites? J'ai mal entendu.

PERDICAN.

Es-tu sûre que si son mari ou son amant revenait lui dire de souffrir encore, elle répondrait non?

CAMILLE.

Je le crois.

PERDICAN.

Il y a deux cents femmes dans ton monastère, et la plupart ont au fond du cœur des blessures profondes; elles te les ont fait toucher, et elles ont coloré ta pensée virginale des gouttes de leur sang. Elles ont vécu, n'est-ce pas? et elles t'ont montré avec horreur la route de leur vie; tu t'es signée devant leurs cicatrices, comme devant les plaies de Jésus; elles t'ont fait une place dans leurs processions lugubres, et tu te serres contre ces corps décharnés avec une crainte religieuse, lorsque tu vois passer un homme. Es-tu sûre que si l'homme qui passe était celui qui les a trom-

pées, celui pour qui elles pleurent et elles
souffrent, celui qu'elles maudissent en priant
Dieu, es-tu sûre qu'en le voyant, elles ne bri-
seraient pas leurs chaînes pour courir à leurs
malheurs passés, et pour presser leurs poi-
trines sanglantes sur le poignard qui les a
meurtries? O mon enfant! sais-tu les rêves de
ces femmes, qui te disent de ne pas rêver?
Sais-tu quel nom elles murmurent quand
les sanglots qui sortent de leurs lèvres font
trembler l'hostie qu'on leur présente? Elles
qui s'asseoient près de toi avec leurs têtes bran-
lantes pour verser dans ton oreille leur vieillesse flétrie, elles qui sonnent dans les ruines
de ta jeunesse le tocsin de leur désespoir, et
qui font sentir à ton sang vermeil la fraîcheur
de leurs tombes, sais-tu qui elles sont?

CAMILLE.

Vous me faites peur; la colère vous prend
aussi.

PERDICAN.

Sais-tu ce que c'est que des nonnes, malheureuse fille? Elles qui te représentent l'a-
mour des hommes comme un mensonge, savent-elles qu'il y a pis encore, le mensonge de

l'amour divin ? Savent-elles que c'est un crime
qu'elles font, de venir chuchoter à une vierge
des paroles de femme ? Ah! comme elles t'ont
fait la leçon! Comme j'avais prévu tout cela
quand tu t'es arrêtée devant le portrait de notre vieille tante! Tu voulais partir sans me
serrer la main; tu ne voulais revoir ni ce bois,
ni cette pauvre petite fontaine qui nous regarde toute en larmes; tu reniais les jours de
ton enfance, et le masque de plâtre que les
nonnes t'ont plaqué sur les joues me refusait
un baiser de frère; mais ton cœur a battu; il
a oublié sa leçon, lui qui ne sait pas lire, et tu
es revenue t'asseoir sur l'herbe où nous voilà.
Eh bien! Camille, ces femmes ont bien parlé;
elles t'ont mise dans le vrai chemin; il pourra
m'en coûter le bonheur de ma vie; mais dis-
leur cela de ma part : le ciel n'est pas pour
elles.

CAMILLE.

Ni pour moi, n'est-ce pas?

PERDICAN.

Adieu, Camille, retourne à ton couvent, et
lorsqu'on te fera de ces récits hideux qui t'ont
empoisonnée, réponds ce que je vais te dire :

Tous les hommes sont menteurs, inconstans, faux, bavards, hypocrites, orgueilleux et lâches, méprisables et sensuels ; toutes les femmes sont perfides, artificieuses, vaniteuses, curieuses et dépravées ; le monde n'est qu'un égout sans fond où les phoques les plus informes rampent et se tordent sur des montagnes de fange ; mais il y a au monde une chose sainte et sublime, c'est l'union de deux de ces êtres si imparfaits et si affreux. On est souvent trompé en amour, souvent blessé et souvent malheureux ; mais on aime, et quand on est sur le bord de sa tombe, on se retourne pour regarder en arrière, et on se dit : J'ai souffert souvent, je me suis trompé quelquefois ; mais j'ai aimé. C'est moi qui ai vécu, et non pas un être factice créé par mon orgueil et mon ennui.

Il sort.

ACTE TROISIÈME.

Scène première.

Devant le château.

Entrent LE BARON *et* MAITRE BLAZIUS.

LE BARON.

Indépendamment de votre ivrognerie, vous êtes un bélître, maître Blazius. Mes valets vous voient entrer furtivement dans l'office, et quand vous êtes convaincu d'avoir volé mes bouteilles de la manière la plus pitoyable, vous croyez vous justifier en accusant ma nièce d'une correspondance secrète.

MAITRE BLAZIUS.

Mais, monseigneur, veuillez vous rappeler...

LE BARON.

Sortez, monsieur l'abbé, et ne reparaissez jamais devant moi; il est déraisonnable d'agir comme vous faites, et ma gravité m'oblige à ne vous pardonner de ma vie.

Entre Perdican.   *Il sort; maître Blazius le suit.*

PERDICAN.

Je voudrais bien savoir si je suis amoureux. D'un côté, cette manière d'interroger est tant soit peu cavalière, pour une fille de dix-huit ans; d'un autre, les idées que ces nonnes lui ont fourrées dans la tête auront de la peine à se corriger. De plus, elle doit partir aujourd'hui. Diable! je l'aime, cela est sûr. Après tout, qui sait? peut-être elle répétait une leçon, et d'ailleurs il est clair qu'elle ne se soucie pas de moi. D'une autre part, elle a beau être jolie, cela n'empêche pas qu'elle n'ait des manières beaucoup trop décidées, et un ton trop brusque. Je n'ai qu'à n'y plus

penser; il est clair que je ne l'aime pas. Cela
est certain qu'elle est jolie; mais pourquoi
cette conversation d'hier ne veut-elle pas me
sortir de la tête? En vérité j'ai passé la nuit à
radoter. Où vais-je donc? — Ah! je vais au
village.

Il sort.

Scène deuxième.

—

Un chemin.

—

Entre **MAITRE BRIDAINE.**

Que font-ils maintenant? Hélas! voilà midi.
— Ils sont à table. Que mangent-ils? que ne
mangent-ils pas? J'ai vu la cuisinière traverser
le village, avec un énorme dindon. L'aide portait les truffes, avec un panier de raisin.

Entre maître Blazius.

MAITRE BLAZIUS.

O disgrâce imprévue! me voilà chassé du

château, par conséquent de la salle à manger. Je ne boirai plus le vin de l'office.

MAITRE BRIDAINE.

Je ne verrai plus fumer les plats; je ne chaufferai plus au feu de la noble cheminée mon ventre copieux.

MAITRE BLAZIUS.

Pourquoi une fatale curiosité m'a-t-elle poussé à écouter le dialogue de dame Pluche et de la nièce? Pourquoi ai-je rapporté au baron ce que j'avais vu?

MAITRE BRIDAINE.

Pourquoi un vain orgueil m'a-t-il éloigné de ce dîner honorable où j'étais si bien accueilli? Que m'importait d'être à droite ou à gauche?

MAITRE BLAZIUS.

Hélas! j'étais gris, il faut en convenir, lorsque j'ai fait cette folie.

MAITRE BRIDAINE.

Hélas! le vin m'avait monté la tête quand j'ai commis cette imprudence.

MAITRE BLAZIUS.

Il me semble que voilà le curé.

MAITRE BRIDAINE.

C'est le gouverneur en personne.

MAITRE BLAZIUS.

Oh! oh! monsieur le curé, que faites-vous là?

MAITRE BRIDAINE.

Moi! je vais dîner. N'y venez-vous pas?

MAITRE BLAZIUS.

Pas aujourd'hui. Hélas! maître Bridaine, intercédez pour moi ; le baron m'a chassé. J'ai accusé faussement mademoiselle Camille d'avoir une correspondance secrète, et cependant Dieu m'est témoin que j'ai vu, ou que j'ai cru voir dame Pluche dans la luzerne. Je suis perdu, monsieur le curé.

MAITRE BRIDAINE.

Que m'apprenez-vous là?

MAITRE BLAZIUS.

Hélas! hélas! la vérité! Je suis en disgrâce complète pour avoir volé une bouteille.

MAITRE BRIDAINE.

Que parlez-vous, messire, de bouteilles vo-

lées à propos d'une luzerne et d'une correspondance?

MAITRE BLAZIUS.

Je vous supplie de plaider ma cause. Je suis
honnête, seigneur Bridaine. O digne seigneur
Bridaine, je suis votre serviteur.

MAITRE BRIDAINE, à part.

O fortune! est-ce un rêve? Je serai donc assis
sur toi, ô chaise bienheureuse!

MAITRE BLAZIUS.

Je vous serai reconnaissant d'écouter mon
histoire, et de vouloir bien m'excuser, brave
seigneur, cher curé.

MAITRE BRIDAINE.

Cela m'est impossible, monsieur, il est midi
sonné, et je m'en vais dîner. Si le baron se
plaint de vous, c'est votre affaire. Je n'inter-
cède point pour un ivrogne.

A part.

Vite, volons à la grille; et toi, mon ventre,
arrondis-toi.

Il sort en courant.

MAITRE BLAZIUS, seul.

Misérable Pluche! c'est toi qui paieras pour
tous; oui, c'est toi qui es la cause de ma ruine,

femme déhontée, vile entremetteuse. C'est à toi que je dois cette disgrâce. O sainte université de Paris! on me traite d'ivrogne! Je suis perdu si je ne saisis une lettre, et si je ne prouve au baron que sa nièce a une correspondance. Je l'ai vue ce matin écrire à son bureau. Patience! voici du nouveau.

Passe dame Pluche portant une lettre.

Pluche, donnez-moi cette lettre.

DAME PLUCHE.

Que signifie cela? C'est une lettre de ma maîtresse que je vais mettre à la poste au village.

MAITRE BLAZIUS.

Donnez-la-moi, ou vous êtes morte.

DAME PLUCHE.

Moi, morte! morte, Marie-Jésus, vierge et martyr!

MAITRE BLAZIUS.

Oui, morte, Pluche; donnez-moi ce papier.

Ils se battent; entre Perdican.

PERDICAN.

Qu'y a-t-il? Que faites-vous, Blazius? Pourquoi violenter cette femme?

DAME PLUCHE.

Rendez-moi la lettre. Il me l'a prise, seigneur, justice !

MAITRE BLAZIUS.

C'est une entremetteuse, seigneur, cette lettre est un billet doux.

DAME PLUCHE.

C'est une lettre de Camille, seigneur, de votre fiancée.

MAITRE BLAZIUS.

C'est un billet doux à un gardeur de dindons.

DAME PLUCHE.

Tu en as menti, abbé. Apprends cela de moi.

PERDICAN.

Donnez-moi cette lettre ; je ne comprends rien à votre dispute ; mais en qualité de fiancé de Camille, je m'arroge le droit de la lire.

Il lit.

« A la sœur Louise, au couvent de***. »

A part.

Quelle maudite curiosité me saisit malgré moi ? Mon cœur bat avec force, et je ne sais ce que j'éprouve. — Retirez-vous, dame Pluche, vous êtes une digne femme, et maître Blazius

est un sot. Allez dîner ; je me charge de mettre
cette lettre à la poste.

Sortent maître Blazius et dame Pluche.

PERDICAN, seul.

Que ce soit un crime d'ouvrir une lettre, je
le sais trop bien pour le faire. Que peut dire
Camille à cette sœur? Suis-je donc amoureux?
Quel empire a donc pris sur moi cette singulière fille, pour que les trois mots écrits sur
cette adresse me fassent trembler la main?
Cela est singulier; Blazius, en se débattant
avec dame Pluche, a fait sauter le cachet. Est-
ce un crime de rompre le pli? Bon, je n'y chan-
gerai rien.

Il ouvre la lettre et lit.

« Je pars aujourd'hui, ma chère, et tout est
» arrivé comme je l'avais prévu. C'est une ter-
» rible chose; mais ce pauvre jeune homme
» a le poignard dans le cœur; il ne se conso-
» lera pas de m'avoir perdue. Cependant j'ai
» fait tout au monde pour le dégoûter de moi.
» Dieu me pardonnera de l'avoir réduit au
» désespoir par mon refus. Hélas! ma chère,
» que pouvais-je y faire? Priez pour moi; nous
» nous reverrons demain, et pour toujours.

» Toute à vous du meilleur de mon âme. »

» CAMILLE. »

Est-il possible ? Camille écrit cela ? C'est de moi qu'elle parle ainsi ? Moi au désespoir de son refus ? Eh ! bon Dieu ! si cela était vrai, on le verrait bien ; quelle honte peut-il y avoir à aimer ? Elle a fait tout au monde pour me dégoûter, dit-elle, et j'ai le poignard dans le cœur ? Quel intérêt peut-elle avoir à inventer un roman pareil ? Cette pensée que j'avais cette nuit est-elle donc vraie ? O femmes ! Cette pauvre Camille a peut-être une grande piété ; c'est de bon cœur qu'elle se donne à Dieu, mais elle a résolu et décrété qu'elle me laisserait au désespoir. Cela était convenu entre les bonnes amies avant de partir du couvent. On a décidé que Camille allait revoir son cousin, qu'on le lui voudrait faire épouser, qu'elle refuserait, et que le cousin serait désolé. Cela est si intéressant, une jeune fille qui fait à Dieu le sacrifice du bonheur d'un cousin ! Non, non, Camille, je ne t'aime pas ; je ne suis pas au désespoir ; je n'ai pas le poignard dans le cœur, et je te le prouverai. Oui, tu sauras que j'en

aime une autre, avant que de partir d'ici.
Holà! brave homme!

Entre un paysan.

Allez au château, dites à la cuisine qu'on
envoie un valet porter à mademoiselle Camille
le billet que voici.

Il écrit.

LE PAYSAN.

Oui, monseigneur.

Il sort.

PERDICAN.

Maintenant, à l'autre. Ah! je suis au désespoir? Holà! Rosette, Rosette!

Il frappe à une porte.

ROSETTE, *ouvrant.*

C'est vous, monseigneur? Entrez, ma mère
y est.

PERDICAN.

Mets ton plus beau bonnet, Rosette, et viens
avec moi.

ROSETTE.

Où donc?

PERDICAN.

Je te le dirai; demande la permission à ta
mère, mais dépêche-toi.

ROSETTE.

Oui, monseigneur.

Elle rentre dans la maison.

PERDICAN.

J'ai demandé un nouveau rendez-vous à Camille, et je suis sûr qu'elle y viendra ; mais par le ciel, elle n'y trouvera pas ce qu'elle y comptera trouver. Je veux faire la cour à Rosette devant Camille elle-même.

Scène troisième.

Le petit bois.

Entrent CAMILLE *et* LE PAYSAN.

LE PAYSAN.

Mademoiselle, je vais au château porter une lettre pour vous ; faut-il que je vous la donne, ou que je la remette à la cuisine, comme me l'a dit le seigneur Perdican ?

CAMILLE.

Donne-la-moi.

LE PAYSAN.

Si vous aimez mieux que je la porte au château, ce n'est pas la peine de m'attarder.

CAMILLE.

Je te dis de me la donner.

LE PAYSAN.

Ce qui vous plaira.

Il donne la lettre.

CAMILLE.

Tiens, voilà pour ta peine.

LE PAYSAN.

Grand'merci; je m'en vais, n'est-ce pas?

CAMILLE.

Si tu veux.

LE PAYSAN.

Je m'en vais, je m'en vais.

Il sort.

CAMILLE, lisant.

Perdican me demande de lui dire adieu avant de partir, près de la petite fontaine où je l'ai fait venir hier. Que peut-il avoir à me dire? Voilà justement la fontaine, et je suis toute portée. Dois-je accorder ce second rendez-vous? Ah!

Elle se cache derrière un arbre.

Voilà Perdican qui approche avec Rosette, ma sœur de lait. Je suppose qu'il va la quitter; je suis bien aise de ne pas avoir l'air d'arriver la première.

Entrent Perdican et Rosette, qui s'asseoient.

CAMILLE, cachée, à part.

Que veut dire cela? Il la fait asseoir près de lui? Me demande-t-il un rendez-vous pour y venir causer avec une autre? Je suis curieuse de savoir ce qu'il lui dit.

PERDICAN, à haute voix, de manière que Camille l'entend.

Je t'aime, Rosette; toi seule au monde tu n'as rien oublié de nos beaux jours passés; toi seule tu te souviens de la vie qui n'est plus; prends ta part de ma vie nouvelle; donne-moi ton cœur, chère enfant; voilà le gage de notre amour.

Il lui pose sa chaîne sur le cou.

ROSETTE.

Vous me donnez votre chaîne d'or?

PERDICAN.

Regarde à présent cette bague. Lève-toi, et approchons-nous de cette fontaine. Nous vois-tu tous les deux, dans la source, appuyés l'un

sur l'autre? Vois-tu tes beaux yeux près des
miens, ta main dans la mienne? Regarde tout
cela s'effacer.

Il jette sa bague dans l'eau.

Regarde comme notre image a disparu; la
voilà qui revient peu à peu; l'eau qui s'était
troublée reprend son équilibre; elle tremble
encore; de grands cercles noirs courent à sa
surface; patience, nous reparaissons; déjà je
distingue de nouveau tes bras enlacés dans les
miens; encore une minute, et il n'y aura plus
une ride sur ton joli visage; regarde! c'était
une bague que m'avait donnée Camille.

CAMILLE, à part.

Il a jeté ma bague dans l'eau.

PERDICAN.

Sais-tu ce que c'est que l'amour, Rosette?
Écoute! Le vent se tait; la pluie du matin
roule en perles sur les feuilles séchées que le
soleil ranime. Par la lumière du ciel, par le
soleil que voilà, je t'aime. Tu veux bien de
moi, n'est-ce pas? On n'a pas flétri ta jeunesse?
on n'a pas infiltré dans ton sang vermeil les
restes d'un sang affadi? Tu ne veux pas te faire
religieuse; te voilà jeune et belle dans les bras

d'un jeune homme. O Rosette, Rosette, sais-tu
ce que c'est que l'amour?

ROSETTE.

Hélas! monsieur le docteur, je vous aimerai
comme je pourrai.

PERDICAN.

Oui, comme tu pourras; et tu m'aimeras
mieux, tout docteur que je suis, et toute paysanne que tu es, que ces pâles statues fabri-
quées par les nonnes, qui ont la tête à la place
du cœur, et qui sortent des cloîtres pour venir
répandre dans la vie l'atmosphère humide de
leurs cellules; tu ne sais rien; tu ne lirais pas
dans un livre la prière que ta mère t'apprend,
comme elle l'a apprise de sa mère; tu ne comprends même pas le sens des paroles que tu ré-
pètes, quand tu t'agenouilles au pied de ton
lit; mais tu comprends bien que tu pries, et
c'est tout ce qu'il faut à Dieu.

ROSETTE.

Comme vous me parlez, monseigneur!

PERDICAN.

Tu ne sais pas lire; mais tu sais ce que di-

sent ces bois et ces prairies, ces tièdes rivières,
ces beaux champs couverts de moissons, toute
cette nature splendide de jeunesse. Tu recon-
nais tous ces milliers de frères, et moi pour l'un
d'entre eux ; lève-toi ; tu seras ma femme, et
nous prendrons racine ensemble dans la sève
du monde tout-puissant.

Il sort avec Rosette.

Scène quatrième.

—

Entre LE CHOEUR.

Il se passe assurément quelque chose d'é-
trange au château ; Camille a refusé d'épouser
Perdican ; elle doit retourner aujourd'hui au
couvent dont elle est venue. Mais je crois que
le seigneur son cousin s'est consolé avec Rosette. Hélas ! la pauvre fille ne sait pas quel
danger elle court, en écoutant les discours d'un
jeune et galant seigneur.

DAME PLUCHE, entrant.

Vite, vite, qu'on selle mon âne.

LE CHOEUR.

Passerez-vous comme un songe léger, ô vénérable dame? Allez-vous si promptement enfourcher derechef cette pauvre bête qui est si triste de vous porter?

DAME PLUCHE.

Dieu merci, chère canaille, je ne mourrai pas ici.

LE CHOEUR.

Mourez au loin, Pluche, ma mie; mourez inconnue dans un caveau malsain. Nous ferons des vœux pour votre respectable résurrection.

DAME PLUCHE.

Voici ma maîtresse qui s'avance.

A Camille, qui entre.

Chère Camille, tout est prêt pour notre départ; le baron a rendu ses comptes, et mon âne est bâté.

CAMILLE.

Allez au diable, vous et votre âne, je ne partirai pas aujourd'hui.

Elle sort.

LE CHOEUR.

Que veut dire ceci? Dame Pluche est pâle de terreur; ses faux cheveux tentent de se hérisser, sa poitrine siffle avec force, et ses doigts s'allongent en se crispant.

DAME PLUCHE.

Seigneur Jésus! Camille a juré.

Elle sort.

Scène cinquième.

—

Entrent LE BARON *et* MAITRE BRIDAINE.

MAITRE BRIDAINE.

Seigneur, il faut que je vous parle en particulier. Votre fils fait la cour à une fille du village.

LE BARON.

C'est absurde, mon ami.

MAITRE BRIDAINE.

Je l'ai vu distinctement passer dans la bruyère en lui donnant le bras; il se pen-

chait à son oreille, et lui promettait de l'é-
pouser.

LE BARON.

Cela est monstrueux.

MAITRE BRIDAINE.

Soyez-en convaincu; il lui a fait un présent considérable que la petite a montré à sa
mère.

LE BARON.

O ciel! considérable, Bridaine? En quoi
considérable?

MAITRE BRIDAINE.

Pour le poids et pour la conséquence. C'est
la chaîne d'or qu'il portait à son bonnet.

LE BARON.

Passons dans mon cabinet; je ne sais à quoi
m'en tenir.

Ils sortent.

Scène sixième.

—

La chambre de Camille.

—

Entrent CAMILLE *et* DAME PLUCHE.

CAMILLE.

Il a pris ma lettre, dites-vous?

DAME PLUCHE.

Oui, mon enfant, il s'est chargé de la mettre à la poste.

CAMILLE.

Allez au salon, dame Pluche, et faites-moi le plaisir de dire à Perdican que je l'attends ici.

Dame Pluche sort.

CAMILLE.

Il a lu ma lettre, cela est certain ; sa scène du bois est une vengeance, comme son amour pour Rosette. Il a voulu me prouver qu'il en aimait une autre que moi, et jouer l'indifférent malgré son dépit. Est-ce qu'il m'aimerait, par hasard ?

Es-tu là, Rosette ?   *Elle léve la tapisserie.*

ROSETTE, entrant.

Oui ; puis-je entrer ?

CAMILLE.

Écoute-moi, mon enfant ; le seigneur Perdican ne te fait-il pas la cour ?

ROSETTE.

Hélas ! oui.

CAMILLE.

Que penses-tu de ce qu'il t'a dit ce matin ?

ROSETTE.

Ce matin ? Où donc ?

CAMILLE.

Ne fais pas l'hypocrite. — Ce matin à la fontaine, dans le petit bois.

ROSETTE.

Vous m'avez donc vue ?

CAMILLE.

Pauvre innocente ! Non, je ne t'ai pas vue. Il t'a fait de beaux discours, n'est-ce pas ? Gageons qu'il t'a promis de t'épouser.

ROSETTE.

Comment le savez-vous?

CAMILLE.

Qu'importe comment je le sais? Crois-tu à
ses promesses, Rosette?

ROSETTE.

Comment n'y croirais-je pas? il me trompe-
rait donc? Pourquoi faire?

CAMILLE.

Perdican ne t'épousera pas, mon enfant.

ROSETTE.

Hélas! je n'en sais rien.

CAMILLE.

Tu l'aimes, pauvre fille; il ne t'épousera
pas, et la preuve, je vais te la donner; rentre
derrière ce rideau, tu n'auras qu'à prêter l'o-
reille et à venir quand je t'appellerai.

Rosette sort.

CAMILLE, seule.

Moi qui croyais faire un acte de vengeance,
ferais-je un acte d'humanité? La pauvre fille a
le cœur pris.

Entre Perdican.

Bonjour, cousin, asseyez-vous.

PERDICAN.

Quelle toilette, Camille! A qui en voulez-vous?

CAMILLE.

A vous, peut-être; je suis fâchée de n'avoir pu me rendre au rendez-vous que vous m'avez demandé; vous aviez quelque chose à me dire?

PERDICAN, à part.

Voilà, sur ma vie, un petit mensonge assez gros, pour un agneau sans tache; je l'ai vue derrière un arbre écouter la conversation.

Haut.

Je n'ai rien à vous dire, qu'un adieu, Camille; je croyais que vous partiez; cependant votre cheval est à l'écurie, et vous n'avez pas l'air d'être en robe de voyage.

CAMILLE.

J'aime la discussion; je ne suis pas bien sûre de ne pas avoir eu envie de me quereller encore avec vous.

PERDICAN.

A quoi sert de se quereller, quand le raccommodement est impossible? Le plaisir des disputes, c'est de faire la paix.

CAMILLE.

Êtes-vous convaincu que je ne veuille pas
la faire?

PERDICAN.

Ne raillez pas; je ne suis pas de force à vous
répondre.

CAMILLE.

Je voudrais qu'on me fît la cour; je ne sais
si c'est que j'ai une robe neuve, mais j'ai envie
de m'amuser. Vous m'avez proposé d'aller au
village, allons-y, je veux bien; mettons-nous
en bateau; j'ai envie d'aller dîner sur l'herbe,
ou de faire une promenade dans la forêt. Fera-
t-il clair de lune, ce soir? Cela est singulier;
vous n'avez plus au doigt la bague que je vous
ai donnée.

PERDICAN.

Je l'ai perdue.

CAMILLE.

C'est donc pour cela que je l'ai trouvée;
tenez, Perdican, la voilà.

PERDICAN.

Est-ce possible? Où l'avez-vous trouvée?

CAMILLE.

Vous regardez si mes mains sont mouillées,

n'est-ce pas? En vérité, j'ai gâté ma robe de couvent pour retirer ce petit hochet d'enfant de la fontaine. Voilà pourquoi j'en ai mis une autre, et je vous dis, cela m'a changée; mettez donc cela à votre doigt.

PERDICAN.

Tu as retiré cette bague de l'eau, Camille, au risque de te précipiter? Est-ce un songe? La voilà; c'est toi qui me la mets au doigt! Ah! Camille, pourquoi me le rends-tu, ce triste gage d'un bonheur qui n'est plus? Parle, coquette et imprudente fille, pourquoi pars-tu, pourquoi restes-tu? Pourquoi, d'une heure à l'autre, changes-tu d'apparence et de couleur, comme la pierre de cette bague à chaque rayon du soleil!

CAMILLE.

Connaissez-vous le cœur des femmes, Perdican? Êtes-vous sûr de leur inconstance, et savez-vous si elles changent réellement de pensée en changeant quelquefois de langage? Il y en a qui disent que non. Sans doute, il nous faut souvent jouer un rôle, souvent mentir; vous voyez que je suis franche; mais êtes-

vous sûr que tout mente dans une femme,
lorsque sa langue ment? Avez-vous bien réfléchi à la nature de cet être faible et violent,
à la rigueur avec laquelle on le juge, aux prin-
cipes qu'on lui impose? Et qui sait si, forcée
à tromper par le monde, la tête de ce petit
être sans cervelle ne peut pas y prendre plaisir, et mentir quelquefois par passe-temps,
par folie, comme elle ment par nécessité?

PERDICAN.

Je n'entends rien à tout cela, et je ne mens
jamais. Je t'aime, Camille, voilà tout ce que
je sais.

CAMILLE.

Vous dites que vous m'aimez, et vous ne
mentez jamais?

PERDICAN.

Jamais.

CAMILLE.

En voilà une qui dit pourtant que cela vous
arrive quelquefois.

Elle lève la tapisserie. Rosette paraît dans le fond, évanouie sur une chaise.

Que répondrez-vous à cette enfant, Perdican,
lorsqu'elle vous demandera compte de vos paroles? Si vous ne mentez jamais, d'où vient

donc qu'elle s'est évanouie en vous entendant me dire que vous m'aimez? Je vous laisse avec elle; tâchez de la faire revenir.

Elle veut sortir.

PERDICAN.

Un instant, Camille, écoute-moi.

CAMILLE.

Que voulez-vous me dire? c'est à Rosette qu'il faut parler. Je ne vous aime pas, moi; je n'ai pas été chercher par dépit cette malheureuse enfant au fond de sa chaumière, pour en faire un appât, un jouet; je n'ai pas répété imprudemment devant elle des paroles brûlantes adressées à une autre; je n'ai pas feint de jeter au vent pour elle le souvenir d'une amitié chérie; je ne lui ai pas mis ma chaîne au cou; je ne lui ai pas dit que je l'épouserais.

PERDICAN.

Écoute-moi, écoute-moi.

CAMILLE.

N'as-tu pas souri tout-à-l'heure quand je t'ai dit que je n'avais pu aller à la fontaine? Eh bien! oui, j'y étais, et j'ai tout entendu; mais, Dieu m'en est témoin, je ne voudrais pas y avoir parlé comme toi. Que feras-tu de cette fille-là, maintenant, quand elle viendra, avec tes baisers ardens sur les lèvres, te montrer en pleurant la blessure que tu lui as faite? Tu as voulu te venger de moi, n'est-ce pas, et me punir d'une lettre écrite à mon couvent? Tu as voulu me lancer à tout prix quelque trait qui pût m'atteindre, et tu comptais pour rien que ta flèche empoisonnée traversât cette enfant, pourvu qu'elle me frappât derrière elle. Je m'étais vantée de t'avoir inspiré quelque amour, de te laisser quelque regret. Cela t'a blessé dans ton noble orgueil? Eh bien! apprends-le de moi, tu m'aimes, entends-tu; mais tu épouseras cette fille, ou tu n'es qu'un lâche.

PERDICAN.

Oui, je l'épouserai.

CAMILLE.

Et tu feras bien.

PERDICAN.

Très-bien, et beaucoup mieux qu'en t'épousant toi-même. Qu'y a-t-il, Camille, qui t'échauffe si fort? Cette enfant s'est évanouie; nous la ferons bien revenir; il ne faut pour cela qu'un flacon de vinaigre; tu as voulu me prouver que j'avais menti une fois dans ma vie; cela est possible, mais je te trouve hardie de décider à quel instant. Viens, aide-moi à secourir Rosette.

Ils sortent.

Scène septième.

Entrent **LE BARON** *et* **CAMILLE.**

LE BARON.

Si cela se fait, je deviendrai fou.

CAMILLE.

Employez votre autorité.

LE BARON.

Je deviendrai fou, et je refuserai mon consentement, voilà qui est certain.

CAMILLE.

Vous devriez lui parler, et lui faire entendre raison.

LE BARON.

Cela me jettera dans le désespoir pour tout le carnaval, et je ne paraîtrai pas une fois à la cour. C'est un mariage disproportionné. Jamais on n'a entendu parler d'épouser la sœur de lait de sa cousine; cela passe toute espèce de bornes.

CAMILLE.

Faites-le appeler, et dites-lui nettement que ce mariage vous déplaît. Croyez-moi, c'est une folie, et il ne résistera pas.

LE BARON.

Je serai vêtu de noir cet hiver, tenez-le pour assuré.

CAMILLE.

Mais parlez-lui, au nom du ciel. C'est un coup de tête qu'il a fait; peut-être n'est-il déjà plus temps; s'il en a parlé, il le fera.

LE BARON.

Je vais m'enfermer pour m'abandonner à ma douleur. Dites-lui, s'il me demande, que je suis enfermé, et que je m'abandonne à ma douleur de le voir épouser une fille sans nom.

Il sort.

CAMILLE.

Ne trouverai-je pas ici un homme de cœur ?
En vérité, quand on en cherche, on est effrayé
de sa solitude.

Entre Perdican.

Eh bien ! cousin, à quand le mariage ?

PERDICAN.

Le plus tôt possible ; j'ai déjà parlé au notaire, au curé, et à tous les paysans.

CAMILLE.

Vous comptez donc réellement que vous
épouserez Rosette ?

PERDICAN.

Assurément.

CAMILLE.

Qu'en dira votre père ?

PERDICAN.

Tout ce qu'il voudra ; il me plaît d'épouser
cette fille ; c'est une idée que je vous dois, et
je m'y tiens. Faut-il vous répéter les lieux com-
muns les plus rebattus sur sa naissance et sur
la mienne ? Elle est jeune et jolie, et elle
m'aime. C'est plus qu'il n'en faut pour être
trois fois heureux. Qu'elle ait de l'esprit ou

qu'elle n'en ait pas, j'aurais pu trouver pire. On criera et on raillera; je m'en lave les mains.

CAMILLE.

Il n'y a rien là de risible; vous faites très-bien de l'épouser. Mais je suis fâchée pour vous d'une chose : c'est qu'on dira que vous l'avez fait par dépit.

PERDICAN.

Vous êtes fâchée de cela? Oh! que non.

CAMILLE.

Si, j'en suis vraiment fâchée pour vous. Cela fait du tort à un jeune homme, de ne pouvoir résister à un moment de dépit.

PERDICAN.

Soyez-en donc fâchée; quant à moi, cela m'est bien égal.

CAMILLE.

Mais vous n'y pensez pas; c'est une fille de rien.

PERDICAN.

Elle sera donc de quelque chose, lorsqu'elle sera ma femme.

CAMILLE.

Elle vous ennuiera avant que le notaire ait

mis son habit neuf et ses souliers pour venir
ici ; le cœur vous lèvera au repas de noces, et
le soir de la fête, vous lui ferez couper les
mains et les pieds, comme dans les contes ara-
bes, parce qu'elle sentira le ragoût.

PERDICAN.

Vous verrez que non. Vous ne me connaissez pas ; quand une femme est douce et sen-
sible, franche, bonne et belle, je suis capable
de me contenter de cela, oui, en vérité, jusqu'à ne pas me soucier de savoir si elle parle
latin.

CAMILLE.

Il est à regretter qu'on ait dépensé tant d'argent pour vous l'apprendre ; c'est trois mille
écus de perdus.

PERDICAN.

Oui, on aurait mieux fait de les donner aux
pauvres.

CAMILLE.

Ce sera vous qui vous en chargerez, du
moins pour les pauvres d'esprit.

PERDICAN.

Et ils me donneront en échange le royaume
des cieux, car il est à eux.

CAMILLE.

Combien de temps durera cette plaisanterie?

PERDICAN.

Quelle plaisanterie?

CAMILLE.

Votre mariage avec Rosette.

PERDICAN.

Bien peu de temps; Dieu n'a pas fait de l'homme une œuvre de durée: trente ou quarante ans, tout au plus.

CAMILLE.

Je suis curieuse de danser à vos noces!

PERDICAN.

Écoutez-moi, Camille, voilà un ton de persiflage qui est hors de propos.

CAMILLE.

Il me plaît trop pour que je le quitte.

PERDICAN.

Je vous quitte donc vous-même, car j'en ai tout-à-l'heure assez.

CAMILLE.

Allez-vous chez votre épousée?

PERDICAN.

Oui, j'y vais de ce pas.

CAMILLE.

Donnez-moi donc le bras; j'y vais aussi.

Entre Rosette.

PERDICAN.

Te voilà, mon enfant? Viens, je veux te présenter à mon père.

ROSETTE, se mettant à genoux.

Monseigneur, je viens vous demander une
grâce. Tous les gens du village à qui j'ai parlé
ce matin, m'ont dit que vous aimiez votre
cousine, et que vous ne m'avez fait la cour
que pour vous divertir tous deux; on se moque
de moi quand je passe, et je ne pourrai plus
trouver de mari dans le pays, après avoir servi
de risée à tout le monde. Permettez-moi de
vous rendre le collier que vous m'avez donné,
et de vivre en paix chez ma mère.

CAMILLE.

Tu es une bonne fille, Rosette; garde ce
collier, c'est moi qui te le donne, et mon cousin prendra le mien à la place. Quant à un mari,

n'en sois pas embarrassée, je me charge de t'en
trouver un.

PERDICAN.

Cela n'est pas difficile en effet. Allons, Rosette, viens, que je te mène à mon père.

CAMILLE.

Pourquoi ? Cela est inutile.

PERDICAN.

Oui, vous avez raison, mon père nous rece-
vrait mal ; il faut laisser passer le premier moment de surprise qu'il a éprouvée. Viens avec
moi, nous retournerons sur la place. Je trouve
plaisant qu'on dise que je ne t'aime pas quand
je t'épouse. Pardieu ! nous les ferons bien taire.

Il sort avec Rosette.

CAMILLE.

Que se passe-t-il donc en moi ? Il l'emmène
d'un air bien tranquille. Cela est singulier ; il
me semble que la tête me tourne. Est-ce qu'il
l'épouserait tout de bon ? Holà ! dame Pluche,
dame Pluche ! N'y a-t-il donc personne ici ?

Entre un valet.

Courez après le seigneur Perdican ; dites-lui
vite qu'il remonte ici ; j'ai à lui parler.

Le valet sort.

Mais qu'est-ce donc que tout cela? Je n'en puis plus, mes pieds refusent de me soutenir.

Rentre Perdican.

PERDICAN.

Vous m'avez demandé, Camille?

CAMILLE.

Non, — non.

PERDICAN.

En vérité, vous voilà pâle; qu'avez-vous à me dire? Vous m'avez fait rappeler pour me parler.

CAMILLE.

Non, non. — Oh! seigneur Dieu!

Elle sort.

Scène huitième.

Un oratoire.

Entre CAMILLE; *elle se jette au pied de l'autel.*

M'avez-vous abandonnée, ô mon Dieu? Vous le savez, lorsque je suis venue, j'avais juré de

vous être fidèle; quand j'ai refusé de devenir
l'épouse d'un autre que vous, j'ai cru parler
sincèrement, devant vous et ma conscience;
vous le savez, mon père, ne voulez-vous donc
plus de moi? Oh! pourquoi faites-vous mentir
la vérité elle-même? Pourquoi suis-je si faible? Ah! malheureuse, je ne puis plus prier.

Entre Perdican.

PERDICAN.

Orgueil, le plus fatal des conseillers humains, qu'es-tu venu faire entre cette fille et
moi? La voilà pâle et effrayée, qui presse sur
les dalles insensibles son cœur et son visage.
Elle aurait pu m'aimer, et nous étions nés
l'un pour l'autre; qu'es-tu venu faire sur nos
lèvres, orgueil, lorsque nos mains allaient se
joindre?

CAMILLE.

Qui m'a suivie? Qui parle sous cette voûte?
Est-ce toi, Perdican?

PERDICAN.

Insensés que nous sommes! nous nous aimons.
Quel songe avons-nous fait, Camille? Quelles
vaines paroles, quelles misérables folies ont

passé comme un vent funeste entre nous deux?
Lequel de nous a voulu tromper l'autre? Hélas!
cette vie est elle-même un si pénible rêve:
pourquoi encore y mêler les nôtres? O mon
Dieu, le bonheur est une perle si rare dans cet
Océan d'ici-bas! Tu nous l'avais donné, pê-
cheur céleste, tu l'avais tiré pour nous des
profondeurs de l'abîme, cet inestimable joyau;
et nous, comme des enfans gâtés que nous
sommes, nous en avons fait un jouet; le vert
sentier qui nous amenait l'un vers l'autre avait
une pente si douce, il était entouré de buissons
si fleuris, il se perdait dans un si tranquille
horizon! Il a bien fallu que la vanité, le bavar-
dage et la colère vinssent jeter leurs rochers
informes sur cette route céleste, qui nous aurait
conduits à toi dans un baiser! Il a bien fallu
que nous nous fissions du mal, car nous sommes des hommes. O insensés! nous nous aimons.

Il la prend dans ses bras.

CAMILLE.

Oui, nous nous aimons, Perdican; laisse-moi
le sentir sur ton cœur. Ce Dieu qui nous regarde ne s'en offensera pas; il veut bien que
je t'aime; il y a quinze ans qu'il le sait.

PERDICAN.

Chère créature, tu es à moi!

Il l'embrasse; on entend un grand cri derrière l'autel.

CAMILLE.

C'est la voix de ma sœur de lait.

PERDICAN.

Comment est-elle ici! Je l'avais laissée dans l'escalier, lorsque tu m'as fait rappeler. Il faut donc qu'elle m'ait suivi, sans que je m'en sois aperçu.

CAMILLE.

Entrons dans cette galerie; c'est là qu'on a crié.

PERDICAN.

Je ne sais ce que j'éprouve; il me semble que mes mains sont couvertes de sang.

CAMILLE.

La pauvre enfant nous a sans doute épiés; elle s'est encore évanouie; viens, portons-lui secours; hélas! tout cela est cruel.

PERDICAN.

Non, en vérité, je n'entrerai pas; je sens un froid mortel qui me paralyse. Vas-y, Camille, et tâche de la ramener.

Camille sort.

Je vous en supplie, mon Dieu! ne faites pas de moi un meurtrier! Vous voyez ce qui se passe; nous sommes deux enfans insensés, et nous avons joué avec la vie et la mort; mais notre cœur est pur; ne tuez pas Rosette, Dieu juste! Je lui trouverai un mari, je réparerai ma faute; elle est jeune, elle sera riche, elle sera heureuse; ne faites pas cela, ô Dieu, vous pouvez bénir encore quatre de vos enfans. Eh bien! Camille qu'y a-t-il?

Camille rentre.

CAMILLE.

Elle est morte. Adieu, Perdican.

FIN DE ON NE BADINE PAS AVEC L'AMOUR.

LA NUIT VÉNITIENNE,

ou

LES NOCES DE LAURETTE.

Perfide comme l'onde.
SHAKSPEARE.

Personnages.

—

LE PRINCE D'EYSENACH.
LE MARQUIS DELLA RONDA.
RAZETTA.
LE SECRÉTAIRE INTIME GRIMM.
LAURETTE.
MADAME BALBI.

Venise.

LA NUIT VÉNITIENNE.

Scène première.

Une rue; il est nuit.

RAZETTA *descend d'une gondole.* LAURETTE *paraît à un balcon.*

RAZETTA.

Partez-vous; Laurette? Est-il vrai que vous partiez?

LAURETTE.

Je n'ai pu faire autrement.

RAZETTA.

Vous quittez Venise!

LAURETTE.

Demain matin.

RAZETTA.

Ainsi cette funeste nouvelle qui courait la ville aujourd'hui n'est que trop vraie. On vous vend au prince d'Eysenach. Quelle fête! votre orgueilleux tuteur n'en mourra-t-il pas de joie! Lâche et vil courtisan!

LAURETTE.

Je vous en supplie, Razetta, n'élevez pas la voix; ma gouvernante est dans la salle voisine; on m'attend; je ne puis que vous dire adieu.

RAZETTA.

Adieu pour toujours?

LAURETTE.

Pour toujours!

RAZETTA.

Je suis assez riche pour vous suivre en Allemagne.

LAURETTE.

Vous ne devez pas le faire. Ne nous opposons pas, mon ami, à la volonté du ciel.

RAZETTA.

La volonté du ciel écoutera celle de
l'homme. Bien que j'aie perdu au jeu la moitié
de mon bien, je vous répète que j'en ai assez
pour vous suivre, et que j'y suis déterminé.

LAURETTE.

Vous nous perdrez tous deux par cette action.

RAZETTA.

La générosité n'est plus de mode sur cette
terre.

LAURETTE.

Je le vois ; vous êtes au désespoir.

RAZETTA.

Oui ; et l'on a agi prudemment en ne m'in-
vitant pas à votre noce.

LAURETTE.

Ecoutez, Razetta ; vous savez que je vous ai
beaucoup aimé. Si mon tuteur y avait consenti, je serais à vous depuis long-temps. Une
fille ne dépend pas d'elle ici-bas. Voyez dans
quelles mains est ma destinée ; vous-même ne
pouvez-vous pas me perdre par le moindre

éclat? Je me suis soumise à mon sort. Je sais
qu'il peut vous paraître brillant, heureux....
Adieu! adieu! je ne puis en dire davantage....
Tenez! voici ma croix d'or que je vous prie de
garder.

RAZETTA.

Jette-la dans la mer; j'irai la rejoindre.

LAURETTE.

Mon Dieu! revenez à vous.

RAZETTA.

Pour qui, depuis tant de jours et tant de
nuits, ai-je rôdé comme un assassin autour de
ces murailles? Pour qui ai-je tout quitté? Je
ne parle pas de mes devoirs, je les méprise;
je ne parle pas de mon pays, de ma famille,
de mes amis; avec de l'or, on en trouve partout. Mais l'héritage de mon père, où est-il?
J'ai perdu mes épaulettes; il n'y a donc que
vous au monde à qui je tienne. Non, non,
celui qui a mis sa vie entière sur un coup de
dé, ne doit pas si vite abandonner la chance.

LAURETTE.

Mais que voulez-vous de moi?

RAZETTA.

Je veux que vous veniez avec moi à Gênes.

LAURETTE.

Comment le pourrais-je? Ignorez-vous que celle à qui vous parlez ne s'appartient plus? Hélas! Razetta, je suis princesse d'Eysenach.

RAZETTA.

Ah! rusée Vénitienne, ce mot n'a pu passer sur tes lèvres sans leur arracher un sourire.

LAURETTE.

Il faut que je me retire.... Adieu, adieu, mon ami.

RAZETTA.

Tu me quittes?—Prends-y garde; je n'ai pas été jusqu'à présent de ceux que la colère rend faibles. J'irai te demander à ton second père, l'épée à la main.

LAURETTE.

Je l'avais prévu, que cette nuit nous serait fatale. Ah! pourquoi ai-je consenti à vous voir encore une fois!

RAZETTA.

Es-tu donc une Française? Le soleil du jour de ta naissance était-il donc si pâle que le

sang soit glacé dans tes veines?.... ou ne
m'aimes-tu pas? Quelques bénédictions d'un
prêtre, quelques paroles d'un roi ont-elles
changé en un instant ce que deux mois de
supplice.... ou mon rival peut-être....

LAURETTE.

Je ne l'ai pas vu.

RAZETTA.

Comment? tu es cependant princesse d'Eysenach.

LAURETTE.

Vous ne connaissez pas l'usage de ces cours.
Un envoyé du prince, le baron Grimm, son
secrétaire intime, est arrivé ce matin.

RAZETTA.

Je comprends. On a placé ta froide main
dans la main du vassal insolent, décoré des
pouvoirs du maître; la royale procuration,
sanctionnée par l'officieux chapelain de son
excellence, a réuni aux yeux du monde deux
êtres inconnus l'un à l'autre. Je suis au fait
de ces cérémonies. Et toi, ton cœur, ta tête,
ta vie, marchandés par entremetteurs, tout a
été vendu au plus offrant; une couronne de

reine t'a faite esclave pour jamais; et cependant ton fiancé, enseveli dans les délices
d'une cour, attend nonchalamment que sa
nouvelle épouse....

LAURETTE.

Il arrive ce soir à Venise.

RAZETTA.

Ce soir? Ah! vraiment! Voilà encore une
imprudence de m'en avertir.

LAURETTE.

Non, Razetta, je ne puis croire que tu veuilles
ma perte; je sais qui tu es, et quelle réputation tu t'es faite par des actions qui auraient
dû m'éloigner de toi. Comment j'en suis venue
à t'aimer, à te permettre de m'aimer moi-
même, c'est ce dont je ne suis pas capable de
rendre compte. Que de fois j'ai redouté ton caractère violent, excité par une vie de désordres,
qui, seule, aurait dû m'avertir de mon danger! — Mais ton cœur est bon.

RAZETTA.

Tu te trompes; je ne suis pas un lâche, et
voilà tout. Je ne fais pas le mal pour le bien;
mais par le ciel, je sais rendre le mal pour

le mal. Quoique bien jeune, Laurette, j'ai
trop connu ce qu'on est convenu d'appeler la
vie, pour n'avoir pas trouvé au fond de cette
mer le mépris de ce qu'on aperçoit à sa surface. Sois bien convaincue que rien ne peut
m'arrêter.

LAURETTE.

Que feras-tu?

RAZETTA.

Ce n'est pas du moins mon talent de spa-
dassin qui doit t'effrayer ici. J'ai affaire à un
ennemi dont le sang n'est pas fait pour mon
épée.

LAURETTE.

Eh bien donc....?

RAZETTA.

Que t'importe? C'est à moi de m'occuper de
moi. Je vois des flambeaux traverser la galerie; on t'attend.

LAURETTE.

Je ne quitterai pas ce balcon que tu ne
m'aies promis de ne rien tenter contre toi,
ni contre....

RAZETTA.

Ni contre lui?

LAURETTE.

Contre cette Laurette que tu dis avoir aimée,
et dont tu veux la perte. Ah! Razetta, ne
m'accablez pas; votre colère me fait frémir.
Je vous supplie de me donner votre parole de
ne rien tenter.

RAZETTA.

Je vous promets qu'il n'y aura pas de
sang.

LAURETTE.

Que vous ne ferez rien; que vous attendrez...
que vous tâcherez de m'oublier, de...

RAZETTA.

Je fais un échange; permettez-moi de vous
suivre.

LAURETTE.

De me suivre, ô mon Dieu!

RAZETTA.

A ce prix, je consens à tout.

LAURETTE.

On vient.... Il faut que je me retire.... Au
nom du ciel.... Me jurez-vous...?

RAZETTA.

Ai-je aussi votre parole? alors vous avez la mienne.

LAURETTE.

Razetta, je m'en fie à votre cœur; l'amour d'une femme a pu y trouver place, le respect de cette femme l'y trouvera. Adieu! adieu! Ne voulez-vous donc pas de cette croix?

RAZETTA.

Oh! ma vie!

Il reçoit la croix; elle se retire.

RAZETTA, seul.

Ainsi je l'ai perdue. — Razetta, il fut un temps où cette gondole éclairée d'un falot de mille couleurs ne portait sur cette mer indolente que le plus insouciant de ses fils. Les plaisirs des jeunes gens, la passion furieuse du jeu t'absorbaient; tu étais gai, libre, heureux; on le disait, du moins; l'inconstance, cette sœur de la folie, était maîtresse de tes actions. Quitter une femme te coûtait quelques larmes; en être quitté te coûtait un sourire. Où en es-tu arrivé?

Mer profonde, heureusement il t'est facile d'éteindre une étincelle. Pauvre petite croix, qui avait sans doute été placée dans une fète ou pour un jour de naissance sur le sein tranquille d'un enfant; qu'un vieux père avait accompagnée de sa bénédiction; qui, au chevet d'un lit, avait veillé dans le silence des nuits sur l'innocence; sur qui, peut-être, une bouche adorée se posa plus d'une fois pendant la prière du soir; tu ne resteras pas long-temps entre mes mains.

La belle part de ta destinée est accomplie; je t'emporte, et les pêcheurs de cette rive te trouveront rouillée sur mon cœur.

Laurette! Laurette! Ah! je me sens plus lâche qu'une femme. Mon désespoir me tue; il faut que je pleure.

On entend le son d'une symphonie sur l'eau. Une gondole chargée de femmes et de musiciens passe.

UNE VOIX DE FEMME.

Gageons que c'est Razetta.

UNE AUTRE.

C'est lui; sous les fenêtres de la belle Làurette.

UN JEUNE HOMME.

Toujours à la même place! Eh! holà! Razetta! le premier mauvais sujet de la ville

refusera-t-il une partie de fous? Je te somme
de prendre un rôle dans notre mascarade,
et de venir nous égayer.

RAZETTA.

Laissez-moi seul; je ne puis aller ce soir
avec vous; je vons prie de m'excuser.

UNE DES FEMMES.

Razetta, vous viendrez; nous serons de retour dans une heure. Qu'on ne dise pas que
nous ne pouvons rien sur vous, et que Laurette vous fait oublier vos amis.

RAZETTA.

C'est aujourd'hui la noce; ne le savez-vous
pas? J'y suis prié, et ne puis manquer de m'y
rendre. Adieu, je vous souhaite beaucoup de
plaisir; prêtez-moi seulement un masque.

LA VOIX DE FEMME.

Adieu, converti.

Elle lui jette un masque.

LE JEUNE HOMME.

Adieu, loup devenu berger. Si tu es encore
là, nous te prendrons en revenant.

Musique. La gondole s'éloigne.

RAZETTA.

J'ai changé subitement de pensée. Ce masque

va m'être utile. Comment l'homme est-il assez
insensé pour quitter cette vie, tant qu'il n'a
pas épuisé toutes ses chances de bonheur? Celui qui perd sa fortune au jeu quitte-t-il le
tapis tant qu'il lui reste une pièce d'or? Une
seule pièce peut lui rendre tout. Comme un
minerai fertile, elle peut ouvrir une large
veine. Il en est de même des espérances. Oui,
je suis résolu d'aller jusqu'au bout.

D'ailleurs la mort est toujours là; n'est-elle
pas partout sous les pieds de l'homme qui la
rencontre à chaque pas dans cette vie? L'eau,
le feu, la terre, tout la lui offre sans cesse; il
la voit partout dès qu'il la cherche; il la porte
à son côté.

Essayons donc. Qu'ai-je dans le cœur?

Une haine et un amour. — Une haine, c'est
un meurtre. — Un amour, c'est un rapt. Voici
ce que le commun des hommes doit voir dans
ma position.

Mais il me faut trouver quelque chose de
nouveau ici, car d'abord j'ai affaire à une
couronne. Oui, tout moyen usé d'ailleurs me
répugne. Voyons, puisque je suis déterminé à
risquer ma tête, je veux la mettre au plus haut

prix possible. Que ferai-je dire demain à Venise? Dira-t-on : « Razetta s'est noyé de désespoir pour Laurette qui l'a quitté? » Ou : « Razetta a tué le prince d'Eysenach, et enlevé sa
maîtresse? » Tout cela est commun : « Il a été
quitté par Laurette, et il l'a oubliée un quart-
d'heure après. » Ceci vaudrait mieux; mais
comment? En aurai-je le courage?

Si l'on disait : « Razetta, au moyen d'un déguisement, s'est d'abord introduit chez son in-
fidèle; » ensuite : « Au moyen d'un billet qu'il
lui a fait remettre, et par lequel il l'avertis-
sait qu'à telle heure ....» Il me faudrait ici... de
l'opium.... non! point de ces poisons douteux et timides, qui donnent au hasard le
sommeil ou la mort. Le fer est plus sûr. Mais
une main si faible?.... Qu'importe? le courage est tout. La fable qui courra la ville demain matin sera étrange et nouvelle.

Des lumières traversent une seconde fois la maison.

Réjouis-toi, famille détestée, j'arrive; et
celui qui ne craint rien peut être à craindre.

Il met son masque et entre.

UNE VOIX dans la coulisse.

Où allez-vous?

RAZETTA, de même.

Je suis engagé à souper chez le marquis.

Scène deuxième.

Une salle donnant sur un jardin.

Plusieurs masques se promènent. LE MARQUIS,
LE SECRÉTAIRE.

LE MARQUIS.

Combien je me trouve honoré, monsieur le
secrétaire intime, en vous voyant prendre
quelque plaisir à cette fête qui est la plus
médiocre du monde!

LE SECRÉTAIRE.

Tout est pour le mieux, et votre jardin est
charmant. Il n'y a qu'en Italie qu'on en trouve
d'aussi délicieux.

LE MARQUIS.

Oui, c'est un jardin anglais. Vous ne dési-

reriez pas de vous reposer ou de prendre quelques rafraichissemens ?

LE SECRÉTAIRE.

Nullement.

LE MARQUIS.

Que dites vous de mes musiciens?

LE SECRÉTAIRE.

Ils sont parfaits; il faut avouer que là-dessus,
monsieur le marquis, votre pays mérite bien
sa réputation.

LE MARQUIS.

Oui, oui, ce sont des Allemands. Ils arrivè-
rent hier de Leipsick, et personne ne les a encore possédés dans cette ville. Combien je
serais ravi si vous aviez trouvé quelque intérêt dans le divertissement du ballet !

LE SECRÉTAIRE.

A merveille, et l'on danse très-bien à Venise.

LE MARQUIS.

Ce sont des Français. Chaque Bayadère me
coûte deux cents florins; pousseriez-vous jusqu'à cette terrasse?

LE SECRÉTAIRE.

Je serai enchanté de la voir.

LE MARQUIS.

Je ne puis vous exprimer ma reconnaissance. A quelle heure pensez-vous qu'arrive
le prince notre maître? Car la nouvelle dignité qu'il m'a....?

LE SECRÉTAIRE.

Vers dix ou onze heures.

Ils s'éloignent en causant.

*Laurette entre; madame Balbi se lève et va à sa rencontre. Toutes
deux demeurent appuyées sur une balustrade dans le fond de la scène,
et paraissent s'entretenir. En ce moment, Razetta, masqué, s'avance vers
l'avant-scène.*

RAZETTA.

Il me semble que j'aperçois Laurette. Oui,
c'est elle qui vient d'entrer. Mais comment
parviendrai-je à lui parler sans être remarqué?— Depuis que j'ai mis le pied dans ces
jardins, tous mes projets se sont évanouis
pour faire place à ma colère. Un seul dessein
m'est resté; mais il faut qu'il s'exécute, ou
que je meure.

Il s'approche d'une table et écrit quelques mots au crayon.

LE SECRÉTAIRE, rentrant, au marquis.

Ah! voilà un des galans de votre bal qui

écrit un billet doux! Est-ce l'usage à Venise?

LE MARQUIS.

C'est un usage auquel vous devez comprendre, monsieur, que les jeunes filles restent étrangères. Voudriez-vous faire une partie de cartes?

LE SECRÉTAIRE.

Volontiers; c'est un moyen de passer le temps fort agréablement.

LE MARQUIS.

Asseyons-nous donc, s'il vous plaît. Monsieur le secrétaire intime, j'ai l'honneur de vous saluer. Le prince, m'avez-vous dit, doit arriver à dix ou onze heures. Ce sera donc dans un quart-d'heure ou dans une heure un quart, car il est précisément neuf heures trois quarts. C'est à vous de jouer.

LE SECRÉTAIRE.

Jouons-nous cinquante florins?

LE MARQUIS.

Avec plaisir. C'est un récit bien intéressant pour nous, monsieur, que celui que vous avez bien voulu déjà me laisser deviner et entrevoir, de la manière dont Son Excellence était devenu épris de la chère princesse ma nièce. J'ai l'honneur de vous demander du pique.

LE SECRÉTAIRE.

C'est comme je vous disais, en voyant son portrait ; cela ressemble un peu à un conte de fée.

LE MARQUIS.

Sans doute ! ah ! ah !.... délicieux ! sur un portrait !.... Je n'en ai plus, j'ai perdu.... Vous disiez donc.... ?

LE SECRÉTAIRE.

Ce portrait, qui était, il est vrai, d'une ressemblance frappante, et par conséquent d'une beauté parfaite.....

LE MARQUIS.

Vous êtes mille fois trop bon.

LE SECRÉTAIRE.

Voulez-vous votre revanche ?

LE MARQUIS.

Avec plaisir. « D'une beauté parfaite...... »

LE SECRÉTAIRE.

Resta long-temps sur la table où il a l'habitude d'écrire. Le prince, à vous dire le vrai.., (j'ai du rouge) est un véritable original.

LE MARQUIS.

Réellement?... C'est unique! je ne me sens
pas de joie en pensant que d'ici à une heure...
Voici encore du rouge.

LE SECRÉTAIRE.

Il abhorrait les femmes, du moins il le disait. C'est le caractère le plus fantasque! Il
n'aime ni le jeu, ni la chasse, ni les arts. Vous
avez encore perdu.

LE MARQUIS.

Ah! ah! C'est du dernier plaisant!... Com-
ment! il n'aime rien de tout cela!.... Ah! ah!
Vous avez parfaitement raison, j'ai perdu.
C'est délicieux!

LE SECRÉTAIRE.

Il a beaucoup voyagé, en Europe surtout.
Jamais nous n'avons été instruits de ses inten-
tions que le matin même du jour où il partait pour une de ces excursions souvent fort
longues: « Qu'on mette les chevaux, disait-il à
son lever, nous irons à Paris. »

LE MARQUIS.

J'ai entendu dire la même chose de l'empe-
reur Bonaparte. Singulier rapprochement!

LE SECRÉTAIRE.

Son mariage fut aussi extraordinaire que ses voyages : il m'en donna l'ordre, comme s'il s'agissait de l'action la plus indifférente de sa vie ; car c'est la paresse personnifiée, que le prince : « Quoi, Monseigneur, lui dis-je, sans l'avoir vue ! — Raison de plus, » me dit-il ; ce fut toute sa réponse. Je laissai en partant toute la cour bouleversée et dans une rumeur épouvantable.

LE MARQUIS.

Cela se conçoit.... Eh ! eh ! — Du reste, Monseigneur n'aurait pu se fournir d'un procureur plus parfaitement convenable que vous-même, monsieur le secrétaire intime. J'espère que vous voudrez bien m'en croire persuadé. J'ai encore perdu.

LE SECRÉTAIRE.

Vous jouez d'un singulier malheur.

LE MARQUIS.

Oui, n'est-il pas vrai? Cela est fort remarquable. Un de mes amis, homme d'un esprit enjoué, me disait plaisamment avant-hier, à la table de jeu d'un des principaux sénateurs

de cette ville, que je n'aurais qu'un moyen de
gagner, ce serait de parier contre moi.

LE SECRÉTAIRE.

Ah! ah! c'est juste!

LE MARQUIS.

Ce serait, lui répondis-je, ce qu'on pourrait appeler un bonheur malheureux. Eh! eh!

Il rit.

LE SECRÉTAIRE.

Absolument.

LE MARQUIS.

Ce sont deux mots, qui, je crois, ne se trouvent pas souvent rapprochés.... Eh! eh! —
Mais permettez-moi, de grâce, une seule question : Son Excellence aime-t-elle la musique?

LE SECRÉTAIRE.

Beaucoup. C'est son seul délassement.

LE MARQUIS.

Combien je me trouve heureux d'avoir, depuis l'âge de onze ans, fait apprendre à ma
nièce la harpolyre et le forté-piano! Seriez-
vous, par hasard, bien aise de l'entendre chanter?

LE SECRÉTAIRE.

Certainement.

LE MARQUIS, à un valet.

Veuillez avertir la princesse que je désire lui parler

A Laurette, qui entre.

Laure, je vous prie de nous faire entendre votre voix. Monsieur le secrétaire intime veut bien vous engager à nous donner ce plaisir.

LAURETTE.

Volontiers, mon cher oncle; quel air pré-férez-vous ?

LE MARQUIS.

Di piacer, di piacer, di piacer. Ma nièce ne s'est jamais fait prier.

LAURETTE.

Aidez-moi à ouvrir le piano.

RAZETTA, toujours masqué, s'avance et ouvre le piano. A voix basse.

Lisez ceci quand vous serez seule.

Elle reçoit son billet.

LE SECRÉTAIRE.

La princesse pâlit.

LE MARQUIS.

Ma chère fille, qu'avez-vous donc?

LAURETTE.

Rien, rien, je suis remise.

LE MARQUIS, bas au secrétaire.

Vous concevez qu'une jeune fille.....

Laurette frappe les premiers accords.

UN VALET, entrant, bas au marquis.

Son Excellence vient d'entrer dans le jardin.

LE MARQUIS.

Son Excell....! Allons à sa rencontre.

Il se lève.

LE SECRÉTAIRE.

Au contraire. — Permettez-moi de vous dire deux mots.

Pendant ce temps, Laurette joue la ritournelle *pianissimo*.

Vous voyez que le prince ne fait avertir que vous seul de son arrivée. Que le reste de vos conviés s'éloigne; je connais les usages, et je sais que dans toutes les cours il y a une présentation; mais rien de ce qui est fait pour tout le monde ne saurait plaire à notre jeune souverain. Veuillez m'accompagner seul auprès du prince. La jeune mariée restera, s'il vous plaît.

LE MARQUIS.

Eh! quoi? seule ici?....

LE SECRÉTAIRE.

J'agis d'après les ordres du prince.

LE MARQUIS.

Monsieur, je vais donner les miens en conséquence; me conformer en tout aux moindres volontés de Son Excellence est pour moi le premier, le plus sacré des devoirs. Ne dois-je pas pourtant avertir ma nièce?

LE SECRÉTAIRE.

Certainement.

LE MARQUIS.

Laurette!

> Il lui parle à l'oreille. Un moment après, les masques se dispersent dans les jardins et laissent le théâtre libre. Le marquis et le secrétaire sortent ensemble.

> LAURETTE, restée seule, tire le billet de Razetta de son sein et lit.

« Les sermens que j'ai pu te faire ne peuvent me retenir loin de toi. Mon stylet est caché sous le pied de ton clavecin. Prends-le, et frappe mon rival, si tu ne peux réussir avant onze heures sonnant à t'échapper et à venir me retrouver au pied de ton balcon, où je t'attends. Crois que si tu me refuses, j'entendrai sonner l'heure, et que ma mort est certaine. »

RAZETTA.

Elle regarde autour d'elle.

Seule ici !....

Elle va prendre le stylet.

Tout est perdu : car je le connais, il est capable de tout. O Dieu ! il me semble que j'entends monter à la terrasse. Est-ce déjà le prince ? — Non, tout est tranquille.

« A onze heures : si tu ne peux réussir à t'échapper. Crois que si tu me refuses, ma mort est certaine ! !... »

Oh ! Razetta ! Razetta ! insensé ! il m'en coûte cher de t'avoir aimé !

Fuirai-je ?... La princesse d'Eysenach fuira-t-elle ?... Avec qui ?... Avec un joueur déjà presque ruiné ?... Avec un homme plus redoutable seul que tous les malheurs..... Si j'avertissais le prince ? — O ciel ! on vient.

Mais Razetta ! il se tuera sans doute, sous mes fenêtres....

Le prince ne peut tarder ; je vois des pages avec des flambeaux traverser l'orangerie. La nuit est obscure ; le vent agite ces lumières ; écoutons.... Quelle singulière frayeur me saisit !.... Quel est l'homme qui va se présenter à moi ?... Inconnus l'un à l'autre.... que va-t-il

me dire?.... Oserai-je lever les yeux sur lui....
Oh! je sens battre mon cœur.... L'heure va si
vite! onze heures seront bientôt arrivées!....

UNE VOIX, en dehors.

Son Excellence veut-elle monter cet escalier?

LAURETTE.

C'est lui! il vient.

Elle écoute.

Je ne me sens pas la force de me lever; ca-
chons ce stylet.

Elle le met dans son sein.

Eysenach, c'est donc à la mort que tu mar-
ches?.... Ah! la mienne aussi est certaine....

Elle se penche à la fenêtre.

Razetta se promène lentement sur le rivage!...
Il ne peut me manquer.... Allons!.... Prenons
cependant assez de force pour cacher ce que
j'éprouve.... Il le faut.... Voici l'instant.

Se regardant.

Dieu! que je suis pâle! Mes cheveux en désordre....

Le prince entre par le fond; il a à la main un portrait; il s'avance
lentement, en considérant tantôt l'original, tantôt la copie.

LE PRINCE.

Parfait.

Laurette se retourne et demeure interdite.

Et cependant comme en tout l'art est constamment au-dessous de la nature, surtout lorsqu'il cherche à l'embellir! La blancheur de cette peau pourrait s'appeler de la pâleur; ici je trouve que les roses étouffent les lis. — Ces yeux sont plus vifs, — ces cheveux plus noirs. — Le plus parfait des tableaux n'est qu'une ombre : tout y est à la surface; l'immobilité glace; l'âme y manque totalement; c'est une beauté qui ne passe pas l'épiderme. D'ailleurs ce trait même à gauche....

Laurette fait quelques pas. Le prince ne cesse pas de la regarder.

Il n'importe : je suis content de Grimm; je vois qu'il ne m'a pas trompé.

Il s'asseoit.

Ce petit palais est très-gentil : on m'avait dit que cette pauvre fille n'avait rien. Comment donc! mais c'est un élégant que mon oncle, monsieur le.... le....

A Laurette.

Votre oncle est marquis, je crois?

LAURETTE.

Oui... monseigneur....

LE PRINCE.

Je me sens la tentation de quitter cette vieille prude d'Allemagne, et de venir m'établir ici. Ah ! diable , je fais une réflexion ; on est obligé d'aller à pied. — Est-ce que toutes les femmes sont aussi jolies que vous, dans cette ville ?

LAURETTE.

Monseigneur....

LE PRINCE.

Vous rougissez... De qui donc avez-vous peur? nous sommes seuls.

LAURETTE.

Oui.... mais....

LE PRINCE, se levant.

Est-ce que par hasard mon grand guindé de secrétaire se serait mal acquitté de sa représentation? Les complimens d'usage ont-ils été faits? Aurait-il négligé quelque chose? En ce cas excusez-moi : je pensais que les quatre premiers actes de la comédie étaient joués et que j'arrivais seulement pour le cinquième.

LAURETTE.

Mon tuteur.....

LE PRINCE.

Vous tremblez?

Il lui prend la main.

Reposez-vous sur ce sopha. Je vous supplie de répondre à ma question.

LAURETTE.

Votre Excellence me pardonnera : je ne chercherai pas à lui cacher que je souffre.... un peu..., elle voudra bien ne pas s'étonner...

LE PRINCE.

Voici du vinaigre excellent.

Il lui donne sa cassolette.

Vous êtes bien jeune, madame; et moi aussi. Cependant comme les romans ne me sont pas défendus, non plus que les comédies, les tragédies, les nouvelles, les histoires et les mémoires, je puis vous apprendre ce qu'ils m'ont appris. Dans tout morceau d'ensemble, il y a une introduction, un thême, deux ou trois variations, un andante et un presto. A l'introduction vous voyez les musiciens encore mal se répondre, chercher à s'unir, se consulter, s'essayer, se mesurer; le thême les met d'accord; tous se taisent ou murmurent faiblement, tandis qu'une voix harmonieuse les domine; je ne crois pas nécessaire de faire l'application de cette parabole. Les variations

sont plus ou moins longues, selon ce que la
pensée éprouve : mollesse ou fatigue. Ici, sans
contredit, commence le chef-d'œuvre ; l'andante, les yeux humides de pleurs, s'avance
lentement, les mains s'unissent ; c'est le romanesque, les grands sermens, les petites
promesses, les attendrissemens, la mélancolie. — Peu à peu tout s'arrange ; l'amant ne
doute plus du cœur de sa maîtresse ; la joie
renaît, le bonheur par conséquent : la bénédiction apostolique et romaine doit trouver
ici sa place ; car, sans cela, le presto surve-
nant.... Vous souriez ?

LAURETTE.

Je souris d'une pensée....

LE PRINCE.

Je la devine. Mon procureur a sauté l'a--
dagio.

LAURETTE.

Faussé, je crois.

LE PRINCE.

Ce sera à moi de réparer ses maladresses.
Cependant ce n'était pas mon plan. Ce que
vous me dites me fait réfléchir.

LAURETTE.

Sur quoi ?

LE PRINCE.

Sur une théorie du professeur Mayer, à Francfort-sur-l'Oder.

LAURETTE.

Ah !

LE PRINCE.

Oui, il s'est trompé, si vous êtes née à Venise.

LAURETTE.

Dans cette maison même.

LE PRINCE.

Diable ! pourtant il prétendait que ce que vos compatriotes estimaient le moins....., était précisément ce qui manque.....

LAURETTE.

Au secrétaire intime ?...

LE PRINCE.

Et de plus, qu'on juge d'un caractère sur un portrait. Vous pourriez, je le vois, soutenir la controverse.

Il lui baise la main.

Vous tremblez encore.

LAURETTE.

Je ne sais... je... non...

LE PRINCE.

Heureusement que je suis entre la fenêtre
et la pendule.

LAURETTE, effrayée.

Que dit votre excellence?

LE PRINCE.

Que ces deux points partagent singulièrement votre attention. Je crois que vous avez
peur de moi.

LAURETTE.

Pourquoi... nullement... je... je ne puis vous
dissimuler...

LE PRINCE.

Voici une main qui dit le contraire. Aimez-
vous les bijoux?

Il lui met un bracelet.

LAURETTE.

Quels magnifiques diamans!

LE PRINCE.

Ce n'est plus la mode. Mais que vois-je?
L'anneau a été oublié.

LAURETTE.

Le secrétaire....

LE PRINCE.

En voici un : j'ai toujours des joujoux de poupée dans mes poches. Décidément vous voulez savoir l'heure.

LAURETTE.

Non.... je cherche....

LE PRINCE.

J'avais entendu dire qu'un Français était quelque fois embarrassé devant une Italienne. Vous vous levez ?

LAURETTE.

Je suis souffrante.

LE PRINCE.

Vous voulez vous mettre à la fenêtre ?

LAURETTE, à la fenêtre.

Ah !

LE PRINCE.

De grâce, qu'avez-vous ? Serais-je réellement assez malheureux pour vous inspirer de l'effroi ?

Il la ramène au sopha.

En ce cas je serais le plus malheureux des hommes ; car je vous aime, et je ne pourrai vivre sans vous.

LAURETTE.

Encore une raillerie? Prince, celle-ci n'est pas charitable.

LE PRINCE.

De l'orgueil? — Veuillez m'écouter.

Je me suis figuré qu'une femme devait faire plus cas de son âme que de son corps, contre l'usage général qui veut qu'elle permette qu'on l'aime avant d'avouer qu'elle aime, et qu'elle abandonne ainsi le trésor de son cœur, avant de consentir à la plus légère prise sur celui de sa beauté. J'ai voulu, oui, voulu absolument tenter de renverser cette marche uniforme; la nouveauté est ma rage. Ma fantaisie et ma paresse, les seuls dieux dont j'aie jamais encensé les autels, m'ont vainement laissé parcourir le monde, poursuivi par ce bizarre dessein; rien ne s'offrait à moi. Peut-être je m'explique mal. J'ai eu la singulière idée d'être l'époux d'une femme avant d'être son amant. J'ai voulu voir si réellement il existait une âme assez orgueilleuse pour demeurer fermée lorsque les bras sont ouverts, et livrer la bouche à des baisers muets; vous concevez que je ne craignais que de trouver cette

force à la froideur. Dans toutes les contrées
qu'aime le soleil, j'ai cherché les traits les
plus capables de révéler qu'une âme ardente
y était enfermée : j'ai cherché la beauté dans
tout son éclat, mais aussi dans toute sa vie :
pour moi-même, j'ai voulu cet amour qu'un
regard fait naître, j'ai désiré un visage assez
beau pour me faire oublier qu'il était moins
beau que l'être invisible qui l'anime; insensible à tout, j'ai résisté à tout.... excepté à une
femme, — à vous, Laurette, qui m'apprenez
que je me suis un peu mépris dans mes idées
orgueilleuses; à vous, devant qui je ne voulais soulever le masque qui couvre ici-bas les
hommes qu'après être devenu votre époux. —
Vous me l'avez arraché. Je vous supplie de
me pardonner, si j'ai pu vous offenser.

LAURETTE.

Prince, vos discours me confondent.... Faut
il que je croie?....

LE PRINCE.

Il faut que la princesse d'Eysenach me par-
donne; il faut qu'elle permette à son époux
de redevenir l'amant le plus soumis; il faut
qu'elle oublie toutes ses folies....

LAURETTE.

Et toute sa finesse ?

LE PRINCE.

Elle pâlit devant la vôtre. La beauté et l'esprit....

LAURETTE.

Ne sont rien. Voyez comme nous nous ressemblons peu.

LE PRINCE.

Si vous en faites si peu de cas, je vais revenir à mon rêve.

LAURETTE.

Comment ?

LE PRINCE.

En commençant par la première.

LAURETTE.

Et en oubliant le second ?

LE PRINCE.

Prenez garde à un homme qui demande un pardon ; il peut avoir si aisément la tentation d'en mériter deux !

LAURETTE.

Ceci est une théorie.

LE PRINCE.

Non pas.

Il l'embrasse.

Cependant je vous vois encore agitée. Gageons que, toute jeune que vous êtes, vous avez déjà fait un calcul.

LAURETTE.

Lequel? Il y en a tant à faire! et un jour comme celui-ci en voit tant!

LE PRINCE.

Je ne parle que de celui des qualités d'époux. Peut-être ne trouvez-vous rien en moi qui les annonce. Dites-moi, est-ce bien sérieusement que vous avez pu jamais réfléchir à cet important et grave sujet? De quelle pâte débonnaire, de quels faciles élémens aviez-vous pétri d'avance cet être dont l'apparition change tant de douces nuits en insomnies? Peut-être sortez-vous du couvent?

LAURETTE.

Non.

LE PRINCE.

Il faut songer, chère princesse, que si votre gouvernante vous gênait, si votre tuteur vous contrariait, si vous étiez surveillée, tancée

quelquefois, vous allez entrer demain (n'est-ce
pas demain ?) dans une atmosphère de despotisme et de tyrannie; vous allez respirer l'air
délicieux de la plus aristocratique des bon-
bonnières : c'est de ma petite cour que je parle,
ou plutôt de la vôtre, car je suis le premier de
vos sujets. Une grave duègne vous suivra, c'est
l'usage; mais je la paierai pour qu'elle ne dise
rien à votre mari. Aimez-vous les chevaux, la
chasse, les fêtes, les spectacles, les dragées,
les amans, les petits vers, les diamans, les
soupers, le galop, les masques, les petits
chiens, les folies? — Tout pleuvra autour de
vous. Enseveli au fond de la plus reculée des
ailes de votre château, le prince ne saura et
ne verra que ce que vous voudrez. Avez-vous
envie de lui pour une partie de plaisir? Un
ordre expédié de la part de la reine avertira
le roi de prendre son habit de chasse, de bal
ou d'enterrement. Voulez-vous être seule?
Quand toutes les sérénades de la terre reten-
tiraient sous vos fenêtres, le prince, au fond
de son donjon gothique, n'entendra rien au
monde; une seule loi règnera dans votre cour :
la volonté de la souveraine. Ressembleriez-

vous par hasard à l'une de ces femmes pour
qui l'ambition, les honneurs, le pouvoir eu-
rent des charmes? Cela m'étonnerait, et mon
vieux docteur aussi; mais n'importe. Les ho-
chets que je mettrais alors entre vos mains,
pour amuser vos loisirs, seraient d'autre nature:
ils se composeraient d'abord de quelques-unes
de ces marionnettes qu'on nomme des minis-
tres, des conseillers, des secrétaires; pareil
à des châteaux de cartes, tout l'édifice politique de leur sagesse dépendrait d'un souffle
de votre bouche; autour de vous s'agiterait en
tous sens la foule de ces roseaux, que plie et
relève le vent des cours; vous serez un des-
pote, si vous ne voulez être une reine. Ne faites pas surtout un rêve sans le réaliser; qu'un
caprice, qu'un faible désir n'échappe pas à
ceux qui vous entourent et dont l'existence
entière est consacrée à vous obéir. Vous choi-
sirez entre vos fantaisies, ce sera tout votre
travail, madame; et si le pays que je vous dé-
cris....

LAURETTE.

C'est le paradis des femmes.

LE PRINCE.

Vous en serez la déesse.

LAURETTE.

Mais le rêve sera-t-il éternel ? Ne cassez-vous jamais le pot au lait ?

LE PRINCE.

Jamais.

LAURETTE.

Ah ! qui m'en assure ?

LE PRINCE.

Un seul garant, — mon indicible, ma délicieuse paresse. Voilà bientôt vingt-cinq ans que j'essaye de vivre, Laurette. J'en suis las ; mon existence me fatigue ; je rattache à la vôtre ce fil qui s'allait briser ; vous vivrez pour moi, j'abdique : vous chargez-vous de cette tâche ? Je vous remets le soin de mes jours, de mes pensées, de mes actions ; et pour mon cœur...

LAURETTE.

Est-il compris dans le dépôt ?

LE PRINCE.

Il n'y sera que le jour où vous l'en aurez jugé digne. Jusque là j'ai votre portrait. — Je l'aime, je lui dois tout ; je lui ai tout promis, pour tout vous tenir. — Autrefois même je m'en serais contenté; mais j'ai voulu le voir sourire.... rien de plus.

LAURETTE.

Ceci est encore une théorie.

LE PRINCE.

Un rêve, comme tout au monde.

Il l'embrasse.

Qu'avez-vous donc là? c'est un bijou véni-tien : si nous sommes en paix, il est inutile; si nous sommes en guerre, je désarme l'ennemi.

Il lui ôte son stylet.

Quant à un petit papier parfumé qui se cache sous cette gaze, le mari le respectera. Mais la princesse d'Eysenach rougit.

LAURETTE.

Prince!

LE PRINCE.

Êtes-vous étonnée de me voir sourire?—J'ai retenu un mot de Shakspeare sur les femmes de cette ville.

LAURETTE.

Un mot?

LE PRINCE.

Perfide comme l'onde. Est-il défendu d'ai-mer à avoir des rivaux?

LAURETTE.

Vous pensez?....

LE PRINCE.

A moins que ce ne soient des rivaux heureux, et celui-ci ne l'est pas.

LAURETTE.

Pourquoi?

LE PRINCE.

Parce qu'il écrit.

LAURETTE.

C'est à mon tour de sourire, quoiqu'il y ait
ici un grain de mépris.

LE PRINCE.

Mépris pour les femmes? Il n'y a que les sots
qui le croient possible.

LAURETTE.

Qu'en aimez-vous donc?

LE PRINCE.

Tout, et surtout leurs défauts.

LAURETTE.

Ainsi le mot de Shakspeare....

LE PRINCE.

Je le voudrais pour réponse au billet.

LAURETTE.

Et que dirait-on ?

LE PRINCE.

Ceci est une pensée française, et ce n'est pas de vous que j'en attendais.

LAURETTE.

Insultez-vous la France? Vous parliez de beauté et d'esprit. Le premier des biens....

LE PRINCE.

C'est le cœur. L'esprit et la beauté n'en sont que les voiles.

LAURETTE.

Ah! qui sait ce que voit celui qui les soulève? C'est une audace!

LE PRINCE.

Il n'y en a plus après la noce.... Vous tremblez encore?

LAURETTE.

J'ai cru entendre du bruit.

LE PRINCE.

Au fait, nous sommes presque dans un jardin ; si vous ne teniez pas à ce sopha....

LAURETTE.

Non....

Ils se lèvent. Le prince veut l'entraîner.

LE PRINCE.

Est-ce de l'époux ou de l'amant que vous
avez peur?

LAURETTE.

C'est de la nuit.

LE PRINCE.

Elle est perfide aussi, mais elle est discrète.
Qu'oserez-vous lui confier?.... La réponse au
billet?

LAURETTE.

Qu'en dirait-elle?

LE PRINCE.

Elle n'en laissera rien voir à l'époux.

Elle lui donne le billet; il le déchire.

Ne la craignez pas, Laurette. *Le secret* d'une
jeune fiancée est fait pour elle; elle seule renferme les deux grands secrets du bonheur :
le plaisir et l'oubli.

LAURETTE.

Mais le chagrin?

LE PRINCE.

C'est la réflexion; et il est si facile de la
perdre!

LAURETTE.

Est-ce aussi un secret?

Ils s'éloignent. Onze heures sonnent.

———

Scène troisième.

———

La même décoration qu'à la première scène. On entend l'heure sonner dans l'éloignement.

———

RAZETTA.

Je ne puis me défendre d'une certaine crainte. Serait-il possible que Laurette m'eût manqué de parole? Malheur à elle, s'il était vrai! Non pas que je doive porter la main sur elle,.... mais, mon rival!.... Il me semble que deux horloges ont déjà sonné onze heures.... Est-ce le temps d'agir? Il faut que j'entre dans ces jardins. — J'aperçois une grille fermée. — O rage! me serait-il impossible de pénétrer?

Au risque de ma vie, je suis déterminé à ne pas abandonner mon dessein.

L'heure est passée.... Rien ne doit me retenir.... Mais par où entrer? — Appellerai-je? Tenterai-je de gravir cette muraille élevée? — Suis-je trahi? réellement trahi?.... Laurette.... Si j'apercevais un valet, peut-être avec de l'or...—je ne vois aucune lumière.... Le repos semble régner dans cette maison.—Désespoir! ne pourrai-je même jouer ma vie? Ne pourrai-je tenter même le plus désespéré de tous les partis?

On entend une symphonie; une gondole chargée de musiciens passe.

UNE VOIX DE FEMME.

Voilà encore Razetta.

UNE AUTRE.

Je l'avais parié!

UN JEUNE HOMME.

Eh bien! la noce était-elle jolie? As-tu fait walser la mariée? Quand ta garde sera-t-elle relevée? Tu met sûrement le mot d'ordre en musique?

RAZETTA.

Allez-vous-en à vos plaisirs, et laissez moi.

UNE VOIX DE FEMME.

Non ; cette fois j'ai gagé que je t'emmènerais ;
allons, viens, mauvaise tête, et ne trouble le
plaisir de personne. Chacun son tour ; c'était
hier le tien ; aujourd'hui tu es passé de mode ;
celui qui ne sait pas se conformer à son sort
est aussi fou qu'un vieillard qui fait le jeune
homme.

UNE AUTRE.

Venez, Razetta, nous sommes vos vérita-
bles amis, et nous ne désespérons pas de vous
faire oublier la belle Laurette. Nous n'aurons
pour cela qu'à vous rappeler ce que vous disiez
vous-même il y a quelques jours, ce que vous
nous avez appris. — Ne perdez pas ce nom
glorieux que vous portiez du premier mauvais
sujet de la ville.

LE JEUNE HOMME.

De l'Italie ! Viens, nous allons souper chez
Camilla ; tu y retrouveras ta jeunesse tout entière, tes anciens amis, tes anciens défauts, ta
gaîté. — Veux-tu tuer ton rival, ou te noyer ?
Laisse ces idées communes au vulgaire des
amans ; souviens-toi de toi-même, et ne donne
pas le mauvais exemple. Demain matin les

femmes seront inabordables, si on apprend cette nuit que Razetta s'est noyé. Encore une fois, viens souper avec nous !

RAZETTA.

C'est dit. Puissent toutes les folies des amans finir aussi joyeusement que la mienne !

Il monte dans la barque, qui disparaît au bruit des instrumens.

FIN DE LA NUIT VÉNITIENNE.

Table.

—

FIN DU TOME SECOND ET DERNIER.

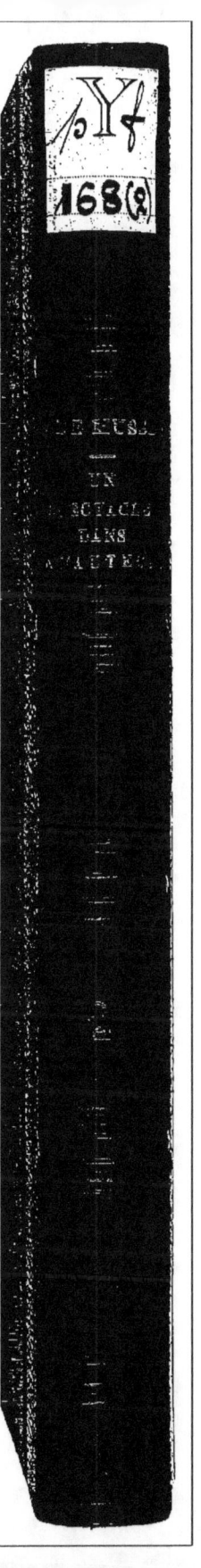

www.ingramcontent.com/pod-product-compliance
Lightning Source LLC
Chambersburg PA
CBHW070302030726
47505CB00004B/887